ROMANCES SANS PAROLES

Yves Navarre es[illegible] *it des romans, des piè*[illegible] *ppelle « son apprentiss*[illegible]
En 1971, il publi[illegible] *puis en 1972* Evolène [illegible] *qui le fera connaître d*[illegible] r qui cogne, Killer, Ni[illegible] n de nos corps, Je vis[illegible] nt la fenêtre, Le Temp[illegible] *(Prix Goncourt 1980),* Biographie, Premières pages, L'Espérance de beaux voyages.
Auteur de théâtre, ses pièces — Il pleut, si on tuait papa-maman; Histoire d'amour; Freaks Society; La Guerre des piscines; Les Dernières Clientes; Le Butoir; Happy End — *composent une œuvre tout aussi originale que ses romans.*

Bien sûr, il y a Simon et Laure, et leur fils Pierre, 20 ans et quelque. Années 60, années 70, les années passent vite : Simon et Laure ont oublié de les compter. Bien sûr, il y a Karpak qui a présenté Laure à Simon. Et Hanssen qui fut le patron de Simon et qui est ami de Karpak. Mais il y a *également* les autres, tous les autres, celles et ceux qui ne font que passer et qui, pourtant, n'ont jamais de second rôle. Il y a simplement toujours une ou un qui parle et l'autre qui se tait. Des romances, oui. Mais sans paroles au pluriel, sans paroles échangées. A chacun sa singulière histoire. Après *Le Jardin d'acclimatation* et *Biographie,* voici *Romances sans paroles,* les romances de Simon, Katherine, Laure, Mathias, Sam, Raoul, Greta, Lilly, Suzanne, tous ceux qui ont, l'instant de ce roman, posé pour un portrait de groupe, un instant seulement car toutes ces personnes n'ont pas eu le temps de devenir des personnages et n'ont rien à montrer ou démontrer de mensonger. La petite musique de chacun, c'est tout. L'essentiel, qui sait ? Pourquoi vouloir faire illusion ? Voici Thierry, Luce, Noëllie, Pierrot, Ludovic, Andrzej, Lapsus, Marie-Jo, Eva, Esther, Sébastien, Massayaki, ils ne seront jamais tous là. Tous. A suivre.

ŒUVRES D'YVES NAVARRE

Dans Le Livre de Poche :

LES LOUKOUMS.
LE PETIT GALOPIN DE NOS CORPS.
KURWENAL.
LE CŒUR QUI COGNE.
LE TEMPS VOULU.
EVOLÈNE.
LE JARDIN D'ACCLIMATATION.
NIAGARAK.
BIOGRAPHIE, Tome I.
BIOGRAPHIE, Tome II.

YVES NAVARRE

Romances sans paroles

ROMAN

FLAMMARION

« Tu le paieras très cher.
– Même très cher, je dirai que c'est donné. »

H. Ibsen, Peer

I

SIMON

16 FÉVRIER. Un mardi. Tard dans la nuit, Simon Breillard prend une feuille de papier sur laquelle il écrit « Chère Laure. Et si nous n'en pouvions plus de reproduire toujours les mêmes scénarios, les mêmes discours ? Si l'impuissance, tienne, mienne, celle-là même qui nous sépare et nous empêche de nous revoir, n'était que notre paresse à ne pas oser inventer ? Inventer voudrait dire ne pas vouloir systématiquement tout comprendre tout de suite ».

Simon hésite. Allume une cigarette dont le goût lui paraît amer. Il l'écrase. Le cendrier est plein. Depuis des mois, la table de la salle à manger lui sert de bureau. Un beau désordre contre lequel il n'a pas le courage de se liguer. Pour se liguer, il faut au moins être deux. « Je suis deux » pense-t-il, « celui que j'étais et celui que je suis, celui qui travaillait et celui qui ne fout rien. » De la main gauche, instinctivement, il vient de compter avec ses doigts et cela le fait sourire. L'appartement sent l'absence, toutes sortes d'absences, terriblement justifiées, celle de Laure en premier, celle de petit Pierre également, et celles, plus subtiles, de manques d'emplois du temps, horaires, tensions, rires, réunions, anniversaires, départs, retours, téléphones, odeurs et parfums du temps qui passe, ensemble, en famille, temps à la fois compté et oublié. Simon reprend son stylo et continue la lettre. « Tout va ni bien ni mal : tout va. Depuis septembre, ne me souvenant plus de l'action de mes nuits, de ma vie en sommeil, je m'étais cru dangereusement quitté par l'habitude de faire des rêves et de me les rappeler. »

Simon s'arrête. Respire. L'encre et le stylo, tout coule de nouveau. Il reconnaît son écriture. Non plus celle-là tassée, lassée, de ses notes de ministère, mais bien celle-ci des lettres quand il était encore capable d'en envoyer, étourdi. Il dit « le temps de l'étourdissement ». Il secoue la tête. Ce n'est pas sain de parler à voix haute. Tout seul. Il met bien en place, devant lui, la feuille de papier et, plongeant, vertical, le stylo dans sa main. Il poursuit. « Oui, Laure, je me suis remis à faire des rêves et à me les rappeler. Écoute. Premier rêve. Avant-hier. Je suis dans une barque. Je rame. Seul. Le soleil se lève. Petit à petit, il me réchauffe. Je rame lentement, calmement, et forcément, m'opposant avec quiétude et détermination au courant que je remonte. L'air embaume. Parce que le soleil se lève. L'effort que je produis est en accord avec ma respiration. C'est bon. Je me sais dans un rêve. De nouveau. De nouveau dans un rêve. Donc sauvé. Vivant. Je ne bouge que les bras et prends appui avec mes talons. J'ose à peine ouvrir les paupières. C'est doux. Je suis prêt à toutes les traversées. Je suis le passeur. Personne ne passe avec moi. Mais je passe. Et il ne faut surtout pas regarder. Le soleil devient chaud, très vite brûlant. Éblouissant. Je continue à ramer, les yeux fermés. Mais la chaleur est insupportable et je fais la grimace. Douleur et soif, le soleil est à la verticale, soleil de midi. Alors, j'ouvre les yeux : la barque est au milieu d'un désert de sable. Je ramais dans le sable. Je me suis réveillé. Je suis allé boire un verre d'eau. »

Seconde page. Autre feuille. Simon n'écrit jamais au verso des lettres. Pour lui, le verso, support du message, doit rester net, intact. Simon se tient droit, souvenir d'écolier, quand le Duce, à l'école communale de Fréjus, lui donnait des coups de règle sur les doigts s'il avait oublié une majuscule. Suite. « Second rêve. La nuit dernière. Je cherche un nouvel emploi. Une société de travail intérimaire m'a convoqué. Un escalier, une porte, une plaque avec Sonnez et Entrez, deux impératifs, un hall au néon sans personne pour accueillir, un couloir gris, un bureau : un homme se tient dans l'ombre. C'est Hanssen. Il s'est déguisé. Il baisse la tête. Et cela me convient. Je ne veux pas qu'il me reconnaisse. C'est bon parce que je rêve pour la seconde fois en deux jours et que ce rêve, je sais que je vais me le rappeler. Et c'est doux parce que je vais trouver de quoi me remettre à l'ouvrage. L'homme m'explique. Il a des clients particuliers, pour des services particuliers. C'est vague, puis il me dit " connaissez-vous les mythes ? " Je réponds " oui ". Il ouvre un tiroir, pose un dossier sur le bureau. Il a des mains lisses et des doigts dont je me dis, pourquoi ? qu'ils ne laissent pas d'empreintes. Sa voix, grise, une voix dans le menton, " nous devons intervenir anonymement. Nos clients veulent des intérimaires qui se rendent chez eux, un jour, un jour à chaque fois, pour leur faire vivre un mythe, le mythe de leur choix. Ça vous intéresse ? " Je réponds " oui ". Oui, ouate, coton : j'ai peur de perdre le fil du rêve. Il me tend le dossier " alors, allez-y. Si le client est satisfait, nous vous rappellerons. Nous avons quantité de demandes ". Je veux le saluer. Mais dans l'ombre, je ne le distingue plus. Je sors. Le couloir. Le hall au néon, l'escalier, la rue. Je respire. Je suis tout fier : j'ai du travail. Chez quelqu'un. Quelqu'un. Au moment de traverser le boulevard, dans les clous, un autobus manque de me renverser, Hanssen était au volant. Je me rends compte que j'ai oublié le premier dossier sur le bureau. Je me suis réveillé. Je suis allé boire un verre d'eau. »

Simon pose le stylo. Puis, il le recapuchonne pour que l'encre de la plume ne sèche pas et il cache le début de la lettre à Laure sous des papiers, circulaires, prospectus, invitations demeurées sans réponse, courrier en attente, factures à payer. Pourquoi lui écrire, et à quelle adresse ? Chez l'un, chez l'autre, instance de retrouvailles, si peu une instance de divorce, au téléphone, quand parfois Laure appelle, elle dit se trouver « en tournée », et « la pièce marche assez bien. Nous faisons juste les frais ». A-t-elle repris vraiment son métier de comédienne ? Joue-t-elle ? Où ? Sous quel nom ? Pierre répond invariablement qu'il ne sait pas « laisse-la tranquille, Pa, ou plutôt, laisse-toi tranquille ». Simon se lève. De nouveau les questions et il ne les souhaite pas. Il ne souffre guère de ce qui n'est pas vraiment une rupture, mais un écart, un départ pour un revenir, une balade pour un devenir, depuis des mois, et puis après ? Devenir ?

Simon hausse les épaules, poings dans les poches, pull-over troué, son vieux pull retrouvé. Le souvenir du surveillant que la classe surnommait le Duce lui est revenu en mémoire. Et c'est également bon. Doux. Cela seul compte à ce jour : un peu de mémoire retrouvée. Mémoire des faits et des êtres. Pour mieux aller. Du verbe aller, se déplacer. Avec un but. Et des repères pour enfin, de nouveau, une barque dans le sable, des mythes à domicile, la règle d'un surveillant et l'oubli des majuscules, mesurer la distance à parcourir encore. Et le but ? Redevenir, ou, justement, à mi-vie, devenir quelqu'un. Oui, devenir. N'a-t-il pas dit un jour, malencontreusement, ou bien aveu, franchise, à son ami écrivain Karpak à propos d'un de ses romans « je vais relire *La Capte* que je n'ai pas lue » ? Cela lui avait échappé. Le rouge lui était monté au front. Karpak avait souri. Ils ne s'étaient pas revus, depuis. Et là, Simon, chez lui, seul, se pince le bras, très fort, comme Karpak lui avait pincé la manche de son costume de rat de ministère, et la peau avec, au moment du café, repas qui virait au vif, en lui lançant « c'est de la pure laine ? » « Tu m'as fait mal ! » « Alors, c'est de la... ? » « Non, ne recommence pas. » Karpak avait repris son air ours, brusque, « quel costard ! Il vient de chez le tailleur qui cache sa griffe à l'intérieur de la poche intérieure ? » Simon avait répondu « oui ». Comme dans un rêve. Toujours « oui », dans les rêves, et dans la vie, non. Karpak s'était levé et, debout, avait bu d'un trait sa tasse de café. Puis il avait esquissé un geste vague et hautain en murmurant « alors tant pis pour toi ». Et là, Simon, chez lui, seul, secoue la tête à cause du dialogue revenu en mémoire. Le geste de Karpak n'avait pas été hautain. Ç'avait été un geste perdu d'ami encore plus seul que lui. C'est tout. Simon décide de faire le tour de l'appartement et d'allumer toutes les lumières. Voir et chasser les absences. Ne pas leur donner trop d'importance.

Au téléphone, il appelle l'horloge parlante : 2 heures 13 minutes 27 secondes. Il remet à l'heure sa montre, la pendule du salon, le réveille-matin de la chambre, le Jaz Bambi de la chambre de Pierre et l'horloge de la cuisine. Puis, l'envie le saisit de faire le ménage à fond. Les balais, les chiffons, l'aspirateur, un placard, dans l'entrée, dont il ne connaissait ni le contenu ni l'odeur. Il met de la musique, très fort, au hasard, le premier coffret de disques qui lui tombe sous la main. Les *Romances sans paroles* de Mendelssohn. Souvenir de Fréjus, également, quand sa mère donnait encore des cours de piano. A domicile. Chez elle. Chez eux. Jusqu'au jour où elle avait renoncé pour que Simon puisse préparer ses examens. Simon prend le rouleau de sacs poubelle en plastique et décide de faire d'abord le grand tour des choses à jeter, revues, journaux, les journaux du 11 mai, ceux d'avant l'élection présidentielle, le nouveau gouvernement, la nouvelle Assemblée nationale, puis plus rien, depuis, comme si tout s'était arrêté le jour du déjeuner avec Karpak qui avait été également le jour de Hanssen, celui du départ de Laure et des injures de Pierre. Tout est à l'heure. Faut ramer.

Breillard. Simon. Henri. Paul. Né le : 13 février 1936 à Fréjus. Var. Fils de : Breillard. Lucien. Agrégé d'histoire. Et de : Lascaille. Noëllie. Marié à : Duverger. Laure. Comédienne. Pseud. : Laure Langeais. (1958.) Enfant : Pierre (1958). Études : Collège d'enseignement général de Fréjus. Lycée de Toulon. Premier prix au Concours général d'histoire (1954). Diplômé de l'Institut d'études politiques (1959) et de l'École nationale d'administration (1962). Carrière : Sous-préfet à Bergerac (1963-1965). Sous-préfet attaché au préfet à Metz (1966). Chef de cabinet puis directeur de cabinet aux ministères de la Marine, du Commerce extérieur et de l'Agriculture (1968-1975). Secrétaire général de la Société française d'audiovisuel (1976-1977). Secrétaire général adjoint de l'Association d'échanges culturels au ministère des Affaires étrangères (1978-...). Adresse : Prof. 27 bis, rue Copernic, 75016. Tél. 707-13-13. Priv. 44, quai de New-York, 75016. Tél. 707-82-88.

Simon jette le Bottin administratif comme un roc dans le papier du sac. A chaque édition, les points de suspension après l'année de chacune de ses dernières prises de fonctions l'avaient inquiété, une inquiétude de principe, comme si la durée de sa carrière avait été improbable. Un petit jeu qu'il se jouait à lui-même pour se sentir différent des autres, collègues, confrères, fonctionnaires des colonnes du Bottin, immuable typographie des notices biographiques. Rien qu'un jeu. Et pourtant. L'amuse également, ce soir, encore, la mention faite à son mariage (1958) et à la naissance de Pierre, même année. C'était possible. Et pourtant suspect au regard des toujours bien-pensants, celles et ceux qui goûtent les détails trébuchants et postillonnent les ragots. Une faille ? Oui, le mariage avait été décidé très vite. Le temps de la publication des bans. Les parents Breillard étaient venus de Fréjus et les parents Duverger de Poitiers, deux mères et deux pères, en tout et pour tout cortège, mariage d'un fils unique et d'une fille unique. A la mairie du IXe arrondissement. Plusieurs couples attendaient leur tour dans l'antichambre. Ce carambolage avait rendu la cérémonie encore plus absurde et touchante. Dehors, il pleuvait. Un 7 mai. Madame Breillard et monsieur Duverger avaient servi de témoins. Les parents faisaient connaissance. Le déjeuner au restaurant *Le Petit Riche* avait été terriblement gai, terriblement triste. Laure était enceinte de quatre mois. Le soir, au théâtre de Suresnes, elle jouait Marianne dans *Les Caprices de Marianne.* Karpak jouait Cœlio, l'amoureux fou et meurtri. Il le jouait mal. Il se croyait épris de Laure, depuis des mois et des mois, doutait de son sentiment, comme si quelqu'un pouvait douter de sa tombée en amour. Et il avait présenté « le sujet de mon sentiment et surtout pas l'objet de mon ressentiment » à Simon. Un classique favori. Le soir des noces, au second rang, ses parents à gauche et ses beaux-parents à droite, Simon avait guetté une défaillance de Cœlio.

Comme dans la pièce, il s'était cru le meilleur ami de Cœlio, Octave. Et quand Laure, toute floue dans la grande robe de taffetas de Marianne, avait dit à son mari jaloux de tous les courtisans « il me plaît de parler à Octave sous la tonnelle d'un cabaret », Simon s'était dit que jamais rien ni personne ne le séparerait jamais de Laure et qu'il ferait tout pour qu'il y ait de la tonnelle et du cabaret dans leur vie. Karpak, qu'on ne désignait jamais par son prénom, Raoul, qu'il détestait, était venu les féliciter dans la loge de Laure et devant les parents ébahis avait lancé un « je vous écrirai ! » puis, sortant de la loge, il jouait tellement mieux dans la vie que sur scène, avait précisé, menaçant, pointant du doigt ses amis « je vous écrirai tous les deux, dans un livre ! » Laure avait retenu la porte qu'il allait claquer pour plus d'effet et comme elle avait dit « tonnelle » et « cabaret », doucement, avait précisé « pas tous les deux, Karpak, tous les trois ». C'est ainsi que les parents avaient eu confirmation officielle de ce qui avait été sous-entendu la journée durant, regards obliques des mères, et qu'ils croyaient être l'unique raison du mariage précipité de leurs enfants uniques. Une belle fin de soirée. Un détail du Bottin. Jeté.

Simon jeta également l'exemplaire de *La Capte* sur lequel figurait la dédicace « A l'attention de Laure et Simon, ce nième roman qui n'est toujours pas leur histoire parce que, peut-être, je n'ai pas encore vécu la mienne. Et vous ? La vôtre ? Quand commencerons-nous à vivre nos vies, au temps présent, présent de l'indicatif ? Pas la peine (amoureuse, réduction de peine, etc.) de lire la suite : c'est ce qu'il y a de mieux dans ce roman, ce que j'aurais voulu exprimer dans celui-ci et ce que j'oublierai de dire dans le prochain. Dites-moi seulement que vous l'avez reçu. Pour Cœlio. K. »

Le vrombissement de l'aspirateur, déplacer les meubles, renverser les chaises sur les tables, mettre la table basse du salon sur le canapé, ouvrir les fenêtres, vue imprenable sur la tour Eiffel et le point d'exclamation de la tour Montparnasse, quatrième étage, en façade, secouer les tapis, c'est autorisé la nuit, déplacer le grand lit de la chambre et découvrir, en dessous, une clef, de quelle serrure ? des photos, des papiers froissés, des cotons, des boules Quies, Léa, la femme de ménage, n'allait jamais jusque-là, vider l'aspirateur dans le sac du Bottin et de *La Capte* et appuyer avec la brosse de l'aspirateur à en écorcher la moquette limée, fanée, la rendre propre à cet endroit-là, remettre le lit en place, refaire le lit avec des draps blancs, unis, puis la salle de bain, faire couler tous les robinets, lavabo, bidet, baignoire, les produits miracle et place nette avec les vieux médicaments, boîtes, tubes, flacons, changer de disque, toujours les *Romances*, fermer les fenêtres à cause du froid, un accident dans le tunnel du pont du Trocadéro, sirène d'ambulance, jeter, jeter encore, et nettoyer, épousseter, bousculer le petit monde des objets accumulés et ne surtout pas les interroger, quand êtes-vous arrivé ? qui vous a choisi ? avez-vous joué votre rôle ? se rendre uniquement compte de l'ensemble, remplir les sacs, vieilles biscottes, pots de confitures entamés, l'éternel pot de miel oublié, figé, qui pègue si on le touche, jeté, et les posters, dans les toilettes, une affiche des Beatles, un slogan de 68 « Il est interdit d'interdire », déchiré, un coup d'éponge sur le mur, pas d'explication à donner, puis, redoublant d'ardeur, jubilation de la petite bataille, en nage, gorge sèche, Simon se met à jeter sans trier, il lui faut cirer la table de la salle à manger, il faut que ça sente la cire et, dans la cuisine, le désinfectant, un fond de bouteille d'eau de Javel dans la cuvette des toilettes, des serviettes propres à la salle de bain et, brusquement, dans le miroir au-dessus du lavabo, il se voit. Lui. Lui ? Il se dit « bonjour ». Ce n'est pas drôle. Il essaie de sourire, et cela donne une grimace. Simon a l'impression de ne s'être pas vu depuis le jour du premier rendez-vous avec Laure, en cachette de Karpak. Il s'était rasé de très près ce jour-là et plusieurs fois avait refait le nœud de sa cravate. Par peur de se sentir trop seul face à cette comédienne de deux ans son aînée, il avait choisi de porter le pull bleu marine, à col rond, tricoté à Fréjus par sa mère, son désormais vieux pull, celui qu'il porte, là, vingt-cinq ans plus tard, les vêtements et les modes passaient, le pull restait, toujours un fond d'étagère pour lui. Simon répète « bonjour ? » Cette fois, le sourire est réussi. Grotesque. Il n'y a que les yeux. Les yeux sont les mêmes. Et le regard. Intact. Simon a-t-il cessé de regarder, depuis tant d'années ? Le reste est devenu conforme, conforme à l'image du père, pli au menton, rides au front, ce petit rien de vaguement rieur et d'attentif dans les fossettes et les cernes des yeux, un peu de vieux et de sérieux, conforme à l'image de la mère, cheveux gris et quelques cheveux blancs, cette manière aussi de pencher la tête vers la gauche en relevant l'épaule gauche. Lui. Là. Eux. Et lui. Fruit. Réunion. Eux deux ? Et lui seul ? Des années, entre parenthèses, et entre les parenthèses, rien, un blanc. Et il n'y avait pas que Karpak ou Hanssen pour l'obséder. Pierre avait grandi, mais comment avait-il grandi, si vite, et désormais ailleurs, avec son humour et sa théorie du « cavalier seul » ? Laure et lui s'étaient aimés, mais comment avait-elle vécu avec lui et lui avec elle, était-ce possible, tout ce temps ? Simon quitte la salle de bain. Il se quitte. Il se laisse dans le miroir. Tel quel. Tel qu'il est devenu. Comme les autres. Comme tous les autres, de l'ombre d'un pouvoir, de la logique d'une carrière, dans les rangs, en rangs, curieuse énarchie. Simon passe l'aspirateur dans le couloir, puis dans l'entrée. Coup de sonnette.

« Qui est là ? » « Votre voisine ! » Il ouvre. Une dame, qui serre vivement la ceinture de sa robe de chambre, « enfin, monsieur... ! » Simon n'écoute plus. La voisine ? Du dessus ? Du dessous ? Elle se fâche comme on se fâche dans les beaux quartiers, lèvres fines, du bout des lèvres, chaque mot comme des coups de rasoir, et une toujours imminente délation dans le regard. Simon se rend compte qu'il ne connaissait même pas ses voisins, ceux qu'il piétine et ceux qui le piétinent. Cela l'amuse. Il a l'air bête, son aspirateur à la main, et comme il sourit, de bon cœur cette fois, la dame tourne les talons en criant « ce n'est pas parce que vous êtes au pouvoir que vous pouvez tout vous permettre ! L'aspirateur ! A cette heure ! » Et elle descend. Par l'escalier. Elle le descend bien. C'est donc la voisine du dessous. « Vous allez voir ! » Elle fait claquer sa porte. Un triomphe. Simon referme la sienne tout doucement. L'affaire Berthier. Le suicide d'un ministre dont on disait qu'il pouvait devenir un providentiel Premier ministre, voilà qui reste en mémoire, à certains étages, dans certains appartements, chez certains propriétaires de coffres. Simon était son directeur de cabinet. Et puis après ? Il y a tant d'années, déjà. Qu'avait-on murmuré, alors ? L'enquête avait conclu au suicide. Fin du disque. Bruit de battement de cœur. Remonter le bras. Ranger le disque dans le coffret et le coffret sur l'étagère. Débrancher l'aspirateur. Empiler les sacs dans l'entrée. Éteindre les lumières. Boire un verre d'eau, comme après un rêve.

Seul. A voix haute. « Non, madame, je ne suis pas au pouvoir. Et pourtant ! je suis mis en disponibilité. Je ne fais plus rien. Je n'ai d'ailleurs rien fait d'autre, avant, qu'agir pour que rien ne se fasse. »

Simon hausse les épaules, le verre d'eau à la main, dans la cuisine. Il chasse la dame de sa mémoire et se parle « comment peux-tu dire des choses pareilles ? Tu te rends compte de ce que tu viens de dire ? » Cinq heures du matin. Demain, il faudra tout remettre en ordre. Et surtout, sortir. Pierre, voir Pierre. Laure, revoir Laure, la retrouver. En disponibilité ? Qu'a-t-il fait depuis des mois ? Disponible pour quoi ? Pour qui ? Et cette bonne femme qui vient de sous-entendre l'affaire Berthier, affaire classée, non-lieu. Ni bonne ni mauvaise conscience, Simon a conscience, tout court, ce matin, de nouveau. Il boit le verre d'eau. Dans la salle de bain, il se brosse les dents, avec vigueur, yeux baissés, pour ne pas se revoir. Au seuil de sa chambre, nu, il hésite. Laure n'est pas là. Il dormira dans le lit de Pierre. Il n'a pas fait le ménage de cette chambre. Un oubli. Pourquoi ? Le Jaz fait tic tac, éternelles cabrioles de Bambi. Simon se glisse dans le lit de son fils, sur le ventre, la tête dans l'oreiller. Instinctivement, matelas étroit, il fait glisser ses mains de chaque côté du lit. Entre le mur et le sommier, coincé, tout en boule, un mouchoir maculé, petit mouchoir pétrifié. Pierre, fils. Et lui Simon, Pa. La jouissance du fils. Sommeil.

II

KATHERINE

ELLE s'appelle Katherine. « Avec un K » a-t-elle précisé le soir de la première garde de nuit. Elle est arrivée en France en 1920. Elle est russe. Elle va mourir d'un cancer. Elle le sait. Pierre vient de passer sept nuits avec elle, de huit heures du soir à huit heures du matin « jusqu'à ce que mort s'ensuive ». Comme d'habitude. La clinique donne sur le bois de Boulogne. Le décor de la chambre n'est pas habituel, commode de style, guéridons, napperons, bergères, de la moquette et seulement un rectangle de balatum sous le lit, comme une chambre de palace, avec un léger changement de décor, le lit, pour la mort. Katherine dit en roulant les « r » « j'ai l'impression d'entendre une roulette. Je n'ai jamais joué. Mais j'adorais le bruit de la boule ». Pierre aime les gardes de nuit. A l'approche de la mort, les proches sont pressés, ou bien fuient. Le fils de Katherine, la bonne cinquantaine, costume croisé, toujours le doigt cramponné au col de sa chemise comme s'il se sentait étranglé, n'est passé qu'un soir « entre Bruxelles et Madrid » et n'a parlé que du poste de vice-président pour lequel il avait enfin une chance. La fille de Katherine vient chaque soir, mais peu de minutes, parce que « tu sais, Baba, le chien attend en bas ». Katherine lui dit « caresse-le pour moi » chaque soir, de la même manière. Pour les visiteurs, Pierre n'existe pas. Il y a aussi cette amie de Katherine, l'air gai, la voix haute, deux rangs de perles sur twin-set en cachemire, elle se moque « on te fait des piqûres toutes les deux heures. Mais tu te rattrapes sur le champagne. Et le caviar. Tu n'es pas vraiment malade. Tu le sais. Voyons. Encore une comédie. Ce sera bientôt fini ! » Elle embrasse Katherine sur le front « je m'en vais, il y a un film avec Gary Cooper à la télévision ». Elle sort. Katherine regarde Pierre « quelle connasse ! » Elle rit. « Je la connais depuis cinquante ans. Elle n'a jamais voulu croire aux histoires des autres. Jamais un rire ne lui est venu du ventre. Je peux vous appeler Pierre ? » « Oui madame. » « Appelez-moi Katherine. » Et c'est chaque soir le même dialogue. La même demande de permission. Katherine oublie. Après chaque piqûre de palfium, elle sombre, elle n'est plus là, calmée, les yeux ouverts, comme si elle projetait des images sur le plafond. Pierre s'assoit, prend un livre et attend que de nouveau Katherine lui parle.

Le bac. Une première année de médecine. Puis des études d'infirmier pour gagner tout de suite sa vie, quitter le quai de New-York, une tanière rue de Charonne, quatrième sans ascenseur, soleil et calme, et dans une rue voisine, un cabinet de soins qu'ils partagent à trois pour assurer les urgences, les visites à domicile, travail de quartier, derrière la Bastille, et des gardes de nuit pour rembourser l'emprunt fait il y a dix-sept mois. Pierre circule en solex. Parfois, il donne des coups de pied dans les voitures qui le frôlent, aux feux rouges, de telle manière que les conducteurs ont peur d'avoir visé trop juste. Renverser quelqu'un les effraie encore un peu. Il leur gueule « vous vous rendez compte de la place que vous prenez, pour vous tout seul ! » A chaque fois, ça marche. Conducteurs blêmes. Katherine s'éveille « parlez-moi ». Il lui lit une page du livre qu'il est en train de lire, peu importe ce qui s'est passé avant, le résumé de l'histoire, la mise en situation, elle veut la voix, sa voix. Et si elle bouge la tête, il se lève, la redresse doucement, retourne l'oreiller, et de nouveau l'allonge. Il lui masse alors la nuque, puis le front. Elle a l'air étonné. Elle a toujours une histoire « vous savez Pierre, Nijinski, quand il dansait *Le Spectre de la rose*, personne ne savait, personne ne savait comment, comment il disparaissait, à la fin, par la fenêtre. Je l'ai vu. Deux fois. La seconde fois, j'ai fait très attention.

Vous savez, il sautait et, et jamais personne, personne, n'a pu disparaître comme lui. Et je sais, je sais enfin pourquoi ». Silence. Elle prend les mains de Pierre « ça suffit. Merci. Asseyez-vous. Ecoutez-moi ». Pierre s'assoit. « L'oreiller est un peu plus frais, merci. » Elle ferme les yeux « avant, je ne prenais jamais le temps de dire merci. J'ai toujours oublié de dire merci. J'avais du charme. Je ne le savais pas ». « Et Nijinski, madame ? » Elle ouvre les yeux « Katherine ! » « Et Nijinski, Katherine ? » « Tous ceux qui l'ont suivi faisaient de grands sauts. Et seulement à la fin du saut, descension, ils se jetaient par la fenêtre. Alors tout le monde comprenait, voyait. Ce n'était pas surprenant. Nijinski, lui, faisait un petit saut, très puissant, et en cours d'ascension, en cours d'a-scension, pfffft, il disparaissait. L'effet de surprise venait du fait qu'un public attend toujours que tout se fasse jusqu'au bout. Alors, personne n'avait jamais eu le temps de le voir disparaître. » Silence. « Vous le trouvez bien mon fils ? Il n'a jamais pu se marier. Mais il sera vice-président. Et ma fille ? Cette vieillarde. Elle n'a plus qu'un chien. Une chose. Microscopique. Qui tremble tout le temps et n'aboie que lorsqu'il n'y a personne. » « Voyons Katherine ! » « Je suis calme, Pierre. Je vous trouve très beau. Je pars en beauté. Si on m'avait dit qu'à la fin un jeune homme viendrait me masser les pieds en me faisant écouter du luth, je, je... Et demain ? » « Je ne viendrai pas, je vous l'ai dit. J'ai besoin de dormir au moins une nuit. » « Alors, ma fille vous remplacera. Mais après-demain, vous reviendrez. Avec une autre musique. Saint-Saëns ? Vous me le promettez ? » « Promis Katherine. »

Dernière piqûre de palfium, six heures du matin. Pierre aide Katherine à se lever. Elle doit d'abord aller à la salle de bain. Il l'aide à enfiler ses mules et pose un châle sur sa chemise de nuit. « Je dois rester avec vous, dans la salle de bain, vous le savez. » « Non, Pierre, pas cela. » « C'est très dangereux. Je suis responsable de vous jusqu'à huit heures. » « Le savoir me suffit. » « Je peux me tourner, ne pas vous regarder. Et si vous tombez, je pourrai alors vous rattraper. » « Non. Pas ça. Sortez. Je vous appellerai juste avant de tomber. » Derrière la porte, Pierre guette le moindre appel. Katherine fait couler l'eau du lavabo pour couvrir de possibles bruits. Tout cela est sordide, touchant, une vraie compagnie. Bientôt, elle dit « vous pouvez rentrer » comme lui, à Bergerac, sur son pot, criait « c'est fini ! » Il la relève, la recouche « c'était beau, mon secret de Nijinski ? J'étais maquilleuse, vous savez, je maquillais pour *Les Enfants du paradis*, ceux qui voient très bien, de très loin. En Russie, j'avais eu les plus grands maîtres. Nous avions tout cassé de l'art. A Paris, les gens de l'orchestre et des loges n'aimaient pas nos insolences. Combien de fois ai-je maquillé *Petrouchka* et *Le Sacre du printemps* ? C'est plus beau, *Petrouchka*. Pas de broderies et de variations. C'est brut, tout le temps. Et j'avais d'immenses palettes, des dizaines d'arcs-en-ciel dans des boîtes. Puis je me suis mariée. Je ne me maquillais pas. J'étais dans la vie. J'ai aimé mon fils et j'en ai fait un sot. J'ai adoré ma fille et j'en ai fait une naine. Je suis sûre qu'ils m'en veulent pour le champagne et le caviar. Prenez-en, pour vous. Si, si, j'y tiens. Vous avez bien une amie ? » « Oui, Lilly. » « Elle vous attend ? » « Non. Elle ne vient que les week-ends. Elle est professeur de gymnastique à Angers. » « Belle ? » « Ça veut dire quoi, belle ? » « Parlez- moi d'elle. » « J'ai besoin de dormir, aussi. Dimanche, je me suis effondré sur elle. Elle n'a pas bougé. Elle a raté le train de dix-huit heures. Je suis resté deux bonnes heures, sur elle, et quand je me suis réveillé, elle me regardait, amusée, effarée, elle étouffait. Je lui ai parlé de vous. Elle se demandait pourquoi vous acceptiez les visites de vos amies. » Katherine murmure « c'est vrai, elles me font perdre mon temps et je devrais me préparer ». Silence « et vos parents ? » « Ils s'aiment, à leur manière. » « Supportable ? » « Non, Katherine, non. » « Alors ? » « Lilly pense comme moi : le week-end suffit. Nous irons peut-être en Turquie, l'été prochain. » « Peut-être ? » « Il faut que je finisse de payer le bail, avant. » « C'est bien. Gagnez votre argent. Gagnez-le. » « Je sais que vous voulez un verre de champagne avant la dernière piqûre. » « Et une cuiller de caviar. Je ne veux rien de ce qu'ils me donnent pendant la journée. » Elle boit, lentement, puis le caviar et une dernière gorgée. « Respirez ! » Pierre plante l'aiguille et fait la dernière piqûre. « N'oubliez pas la bouteille, et le petit pot, pour Lilly. Embrassez-la. Pour moi. Dites-lui que... Je... Et... » « Je serai là après-demain, Katherine. » Elle n'entend plus. Pierre lui embrasse la main et la glisse sous les draps qu'il remonte à hauteur de menton, comme une douceur. La bouche. Pierre regarde la bouche de cette femme, baisers donnés, baisers fougueux, baisers volés, toute une vie. La bouche. Pierre regarde la bouche de cette femme, paroles données, lancées, amusées. Tout un temps. Ce soir, avant d'entrer dans la chambre de Katherine, l'interne a prévenu Pierre « madame Iriloff n'en a plus que pour un jour, au max. Appelez- nous, mais aprèsdemain elle aura certainement repris l'Orient-Express ».

Huit heures du matin. L'infirmière de jour arrive. Pierre a caché la bouteille de champagne et le pot de caviar dans son sac, sous ses vêtements de sport. La journée commence. Programme : deux intraveineuses à neuf heures, trois lavages de corps entre dix et onze heures et demie. Il ira à la piscine vers midi. Il a besoin de nager. Sur la table de chevet, l'enveloppe, avec de l'argent. L'infirmière dit « à bientôt », Pierre répond « à demain ». Katherine pourrait entendre. Dehors, froid vif de février. Un seul itinéraire pour rentrer. Remonter jusqu'au Trocadéro et prendre les quais. Quai de New-York. Troisième étage. La lumière de sa chambre est allumée. Pierre n'a pas le temps mais il veut en avoir le cœur net. Il accroche son solex à un banc, traverse l'avenue en courant, l'escalier, quatre à quatre les marches, surtout pas l'ascenseur qui lambine. Au fond de son sac, les clefs. Il entre. Les sacs poubelle. Une odeur de cire. Chaises renversées. Tout est propre. La chambre des parents, vide. Et dans sa chambre, dans son lit, son père. Pa. Et dans la main de son père, dans son poing, un petit mouchoir plié. Simon respire bruyamment. Pierre se penche, prend le mouchoir entre le pouce et l'index de sa main gauche, comme avec des pincettes. Gag. Il recule, repart, sur la pointe des pieds. Il ne sera pas en retard au cabinet pour la première intraveineuse. L'air de Paris lui fait l'effet d'un double café. Il a vu son père. Il a repris le mouchoir. La vie va.

III

LAURE

17 FÉVRIER. Un mercredi. Huit heures du matin. Hôtel du Départ. Place de la Gare. A Lille. Chambre 317. Sur cour. Lit défait. Un lit-cosy encastré dans un meuble d'angle. Un papier à fleurs. Des rideaux à rayures. Dans le lavabo l'eau chaude n'a pas coulé. Laure s'est contentée de faire une toilette de chat. Ce soir, peut-être, autre étape, l'hôtel sera plus confortable. Elle a bu le café et croqué les sucres. Le pain était sec et la petite portion de beurre congelée. Elle n'a pas pu décoller le papier d'emballage. Son sac est prêt. Le manteau et le cache-col sont sur le lit, deux gisants pour le voyage du jour. Laure a le temps de relire ce qu'elle a écrit. Pour écrire. Pour elle. Et elle le relit à voix haute.

« 1. Histoire mienne dont le titre pourrait être *Page 213*. C'était un mardi. Fin août. Je venais de quitter mon mari. Après vingt-trois ans de mauvais et déloyaux services qui avaient fait de nous d'heureux amants et pas vraiment un couple, jamais, car jamais l'idée de nous séparer ne nous avait effleurés. Jamais non plus l'idée d'être devenus ce que nous étions, classés, rangés, hauts de gamme sociale, ne nous avait inquiétés. En quittant Simon, je croyais un peu que j'allais revenir quelques heures plus tard. Mais ç'avait été une belle soirée de lundi, seule, dans Paris, à marcher, en ne me sentant plus responsable que de mes pas. J'avais dormi à l'hôtel Lutétia. Et le matin, le petit déjeuner porté sur un plateau, les rideaux tirés par un homme d'étage jeune et souriant, je m'étais sentie autre, servie, et ce plaisir d'une serviette blanche dont on sait qu'on n'aura pas à la laver ou faire laver, d'un café brûlant dont on sent brusquement le parfum sans l'avoir attendu, tous ces petits détails m'invitèrent à oser partir un peu plus longtemps. Et sans prévenir mes hommes, ni Simon ni Pierre mon fils...

« 2. Je suis arrivée un peu trop tôt, gare de Lyon. Mon intention était de prendre le train de 16 h 35. le *Phocéen,* Paris, Lyon, sans arrêt à Dijon, Valence, Avignon, Marseille, Toulon, Nice. Je voulais descendre à Avignon et revoir cette ville où j'avais été une jeune Marianne, et qui sait, même après le Festival, retrouver des amis comédiens. De toutes les façons, respirer un peu de cet air d'avant, d'avant les belles années lisses dont je ne conservais qu'un seul souvenir vraiment frappant : le jour où Pierre s'était enfermé dans la salle de bain pour prendre sa douche. Je lui avais apporté une serviette et il m'avait ordonné de la poser derrière la porte. Ce jour-là, il était définitivement sorti de moi. Il était devenu un autre Simon, pour une autre histoire dont j'étais l'exclue. J'avais joué mon rôle. Il ne voulait plus que je le voie, nu. Et en intimité, soir ou matin, Simon désormais baissait les yeux devant moi. Il était, égale réaction, devenu très pudique, comme si nous avions pu nous reprocher quoi que ce soit concernant nos corps. La nuit, il roulait loin de moi, au bord du lit, côté fenêtre. Parfois je rêvais qu'il sautait, non pour se tuer : il s'envolait. Et moi, ce mardi-là, fin août, l'année dernière, je partais. Il faisait soleil. Un soleil d'après-midi, rasant, frisant, léger. Le train rutilait. Il avait un nombre impressionnant de wagons. Or, il n'y avait personne sur le quai. J'ai eu peur, peur d'un train vide. J'ai demandé à un employé de la Société nationale des chemins de fer français si le train partait bien. Cela le fit rire « mais oui, madame, les voyageurs vont arriver ». J'ai repris mon sac, un petit sac de voyage, avec presque rien dedans, un peu d'argent, une trousse de toilette, une robe d'été, bleu foncé, pas salissante, une paire de sandales, deux chemisiers et deux pulls. Un foulard rouge. Et deux photos. Leurs deux photos. Voiture 7, place 76. J'étais à la hauteur de la voiture 25. Il me fallait donc remonter en tête du train, et il n'y avait personne, personne sur ce quai-là. Dans le hall de la gare, j'avais pourtant vu des familles avec enfants, chien et ballons, achetant des bouteilles d'eau minérale et des oranges, des familles en partance. Mais sur mon quai, pour mon train, personne. Puis brusquement, adossé à une colonne, tourné vers le soleil, pantalon en rhodia, moulant, taille basse, chemisette bleu foncé, ajourée, broderie mécanique, la chemisette du départ en vacances, pas vraiment celle que j'aurais choisie pour Simon ou pour Pierre, il était là, lui, l'homme inconnu que j'avais toujours attendu, celui dont j'avais peut-être toujours rêvé, plus grand que moi, plus large que moi, Simon et moi avons terriblement la même taille. J'ai toujours souhaité me mettre sur la pointe des pieds, pour quelqu'un. Et c'était lui. Brun. Les yeux verts. Un tatouage mi-effacé à l'avant-bras gauche. C'était lui. Et je me suis dit très exactement, instantanément " mais non, Laure, c'est fini, tu as renoncé à tout ça, va, va... "

« 3. Wagon 7. Place 76. Côté fenêtre. Le train voisin était bondé. Des gens se querellaient pour placer leurs valises, un enfant dessinait sur la vitre.

Un petit garçon me regardait intensément. J'aurais voulu recommencer avec Pierre. A Bergerac, je lui baisais les pieds, après le bain, ses " petits pezous ". J'étais folle parce qu'il était sorti de moi, venu du regard d'un époux quand brusquement, prenant écart, Simon m'observait longuement. Nos jouissances n'avaient jamais été des sanctions. C'est comme s'il m'avait traversée pour ressortir avec un petit double de lui. Tout ce que je souhaitais. J'étais engagée pour des années, spectacle unique, représentation unique, fils qui serait unique. A Metz, je me suis jetée dans la neige, pour Pierre. Il me canardait de boules, je voulais qu'il me recouvre, qu'il m'étouffe, qu'il me dégage et qu'il me ranime. Je posais sur ses lèvres d'enfant des bises impudiques, et j'aimais le voir se frotter la bouche, ensuite " tu m'as chatouillé ". J'ai envoyé un baiser du bout des doigts au petit garçon de l'autre train. Mon train démarra avant le sien. Compartiment vide. Wagon vide ? Train vide ? Les voyageurs n'étaient pas arrivés. Logiquement, à la fin de l'été, les trains doivent redescendre vides pour remonter combles. Normal. En route. Je regardais le paysage. La flèche en sens inverse " Paris 7 kilomètres ", les pavillons de banlieue, l'hôpital Henri-Mondor où mon père est mort dans un poumon d'acier, puis des bois, d'autres villas, et bientôt un paysage large. Quelqu'un passa dans le couloir. C'était lui. Chemisette bleue et mi-tatouage. Je me suis dit " le train est vide. Il cherche un compartiment pour lui tout seul. Il n'aura pas de mal à en trouver un. Tant pis pour toi. D'ailleurs, Laure, c'est fini, tu as renoncé à tout ça, oublie, oublie... "

« 4. Non. Il revient. Il pose son sac en skaï sur le fauteuil 72, côté couloir, côté soleil. Il prend un paquet de cigarettes dans le sac, qu'il referme, et place sur le porte-bagages, en face de lui. Il allume une cigarette, ouvre le cendrier de l'accoudoir de son fauteuil, sort dans le couloir, tire trois, quatre bouffées de sa cigarette, je les ai comptées, rentre, écrase la cigarette dans le cendrier, le referme d'un coup de poing, tend les bras, hanche, galbe, corps balancé, dur, c'est un rude, reprend son sac, l'ouvre, farfouille, en extrait un livre, un format de poche, *Le Serpent* de Mickey Spillane, avec en couverture une femme agenouillée, nue, tenant un revolver à la verticale, canon contre tempe. Il remet en place le sac et s'assoit avec le livre qu'il ouvre et qu'il se met à lire. Pourquoi est-il venu, là ? A côté de moi ? Où va-t-il, lui ? Et je me dis que pendant des années nous avons oublié, nous, Simon et moi, de bouger, de nous déplacer, de changer d'itinéraire, de nous surprendre. Après le 10 mai, Pierre nous avait dit en riant “ c'est la fin des années de bains moussants ”. Nous avions ri. La mousse aussi cache le corps. Années passées. Et lui, fauteuil 72, il lit. Attentivement. Rien dans le regard. Tout dans la manche courte. Et je veux lui parler. Je veux qu'il me parle. Je veux au moins un regard. Un regard échangé. Alors, je le fixe de mon regard. Les rôles sont renversés. J'attaque. Je l'assiège. Rien n'y fait. Imperturbable. Ses yeux bougent de gauche à droite, de haut en bas, il lit *Le Serpent,* consciencieusement. Et tourne les pages précautionneusement. Je le veux : je veux “ le ”, “ lui ”, je veux lui parler, savoir de lui et lui dire de moi, rien que pour le voyage, rien que ce temps-là...

« 5. Stratégie, décision : je prends place dans le fauteuil qui me fait face, à contresens, forêt de Fontainebleau, premiers champs de blé, rasés, terre de paille, soleil tombant. En diagonale, je peux mieux le surveiller, guetter la moindre défaillance, son regard pourrait déraper au moment de tourner une page et croiser le mien.

Je le tiens, dans mon regard, intensément. Tellement intensément que bientôt, fascinée, fascination de l'objet fixé, comme envoûtée, poum, ma tête tombe, je m'endors...

« 6. Quand je me réveille, brouillée, froissée, me sentant un peu bouffie, bafouée, et somme toute amusée, j'ai faim. J'ai oublié de déjeuner. Il lit toujours. Je me lève. Je passe devant lui. Il ne bronche pas. Pas même un petit mouvement de genoux. Il lit. Je le quitte. Couloir désert. Je respire. Dans le wagon suivant, self-service, tables vides, chaises vides, pas un client, le chef de cuisine et le caissier attendent en bavardant. Où sommes-nous ? Quelle heure est-il ? J'ai oublié ma montre, quai de New-York. Peu importe. Je ne la remontais jamais, heure stoppée de tant d'années, un bonheur disaient certains, un certain bonheur disaient les autres, tout le monde avait été d'accord pour nous dire heureux. Simon et moi avions toujours voté à gauche, pour l'équilibre, pour nous sentir postés. Nous savions seulement que nous voulions en finir avec la ritournelle 58, 68 et la suite. Une entrée, un plat, un dessert, une bouteille d'eau : je me suis installée devant mon plateau, dans le sens, première table à gauche. Il y avait des camions sur l'autoroute que nous longions et des pêcheurs au bord d'un canal. J'ai d'abord mangé le pain, en faisant des miettes, les coudes sur la table. Alors...

« 7. Il entre. Je le vois, de face, se dirigeant vers moi, pas un regard. Il prend un plateau. Quand il repasse, un morceau de tarte aux pommes et un Orangina, c'est tout ce qu'il a choisi. Et il ne s'assoit pas dans le sens, me tournant le dos, non. Il s'installe à l'autre bout, dans le coin, en diagonale, face à moi. Je l'observe. Il regarde droit devant lui. Il ne me regarde pas. J'attends. Un long temps. C'est lui, vraiment lui, rugueux, du grain, il me donne l'impression de n'avoir jamais vécu aucune histoire avant la nôtre. Mais comment me voit-il ? Comment me verrait-il s'il me regardait ? La tarte et l'Orangina. Il se lève. Il sort...

« 8. Je me lève. Je m'arrête aux toilettes. Je me lave les mains. Un peu d'eau sur le visage. Un coup de fraîcheur. Et je reviens dans le compartiment. Il lit. Je passe devant lui. Toujours pas de petit mouvement de genoux. Je m'assois. Je le fixe du regard. Rien. Dans mon sac, je prends ce masque que je transporte toujours avec moi et qui, quai de New-York, m'avait fait faire l'économie de rideaux. Simon, lui, n'était pas gêné par la lumière du jour. Dix-sept francs cinquante. Stratagème. Je fais semblant de dormir. Tête penchée. Entre le masque et mon nez, interstice, de l'œil droit, je l'observe. Je veux voir s'il me regarde ne se croyant plus regardé. Toujours pas. Il tourne les pages. Et sur la couverture, cette femme nue avec son revolver. Je retire le masque. Une heure passe, heure d'été, le soleil n'en finit pas de tomber. Soudain, mi-tatouage se lève, pose le livre ouvert sur son fauteuil et disparait dans le couloir...

« 9. Calcul. S'il est aux toilettes, je lui donne cinq minutes. Je compte jusqu'à trois cents. Il n'est pas revenu. Je me lève. Le couloir est vide. Il s'est donc rendu une seconde fois au self-service. Il a encore faim. Je me retourne et m'empare de son livre ouvert pages 138-139. Je prends mon stylo, dans mon sac. J'aime le chiffre 13. J'ouvre son livre page 213 et en haut de cette page j'écris calmement, lentement, d'une belle écriture ronde, mienne, mon écriture de jeune fille “ nous aurions pu échanger un regard ”, je dessine un cœur, et je remets le livre en place, ouvert pages 138-139, sur son fauteuil. Le voyage, alors, est devenu passionnant. Un vrai départ. Une aventure. Une distance à parcourir. Un compte à rebours. Chaque minute avait un sens. Il est revenu. Il s'est assis. Il s'est remis à lire. Je comptais les pages. 142, 146, 148... 170, 172, 174...

« 10. Le soleil s'est couché. Je me suis dit comme dans une dictée pour enfants " les monts du Lyonnais jetèrent de l'ombre sur le ballast ". 182, 186... 190, 192... Puis il y eut une voix " le train *Le Phocéen* va bientôt entrer en gare de Lyon-Perrache. Deux minutes d'arrêt. Fermeture automatique des portières. Correspondances pour Grenoble, Genève et Saint-Etienne. La S.N.C.F. espère que vous avez fait un bon voyage et souhaite vous revoir bientôt sur ses lignes ". Le train est entré dans un tunnel, le long tunnel d'avant la gare de Lyon-Perrache. Il s'est levé. Fini. Vraiment fini. J'ai tourné la tête. Côté paysage. Et plus de paysage puisque le tunnel. Mur noir. Mais dans la vitre, reflet de la lumière du compartiment, je l'ai vu faire toutes sortes de gestes ultimes, vérifier par deux fois s'il n'oubliait pas *Le Serpent,* faire et refaire l'inventaire du contenu de son petit sac en bandoulière, portefeuille, chéquier, carnets, stylo et pointe Bic rouge. Sortie du tunnel. Je tournais toujours la tête. Cette fois, je refusais le regard possible du dernier instant. Comme si ce regard ne pouvait être échangé qu'au moment de la séparation. Je venais, en fait, de quitter Simon pour de bon, et pour n'importe qui, sans suite. Le train s'est arrêté. " Il " a hésité encore quelques secondes avant de quitter le compartiment ou bien ai-je vécu ces quelques secondes comme une hésitation, chacun écrit sa propre histoire et chacun lit la sienne, tout est toujours recommencé, différemment. Il est sorti, côté tête du train. Cette fois, le quai était sous mon regard. Je savais donc qu'il allait passer devant moi pour gagner la sortie, ou un autre quai pour un autre train. Dès que je l'ai senti arriver, j'ai tourné la tête. Compartiment déserté. C'est tout. Page 213 ? »

Fin de lecture à voix haute. Huit heures trente. Hôtel du Départ. Place de la Gare. A Lille. Chambre 317. Laure classe les feuilles de papier numérotées de 1 à 10 sur lesquelles elle a consigné la petite histoire de son départ. Quelqu'un frappe à la porte de sa chambre. Elle se lève, ouvre. C'est Marc. Tout sourire. Il a écouté. « C'est pas mal ton truc. C'est vrai ? Ça s'est passé comme ça ? » Laure ne répond pas, range ses affaires, ramasse son sac, son manteau et son cache-col. « Tu m'en veux d'avoir écouté ? Je suis arrivé au moment où tu vois le mec et où tu parles de sa chemisette. Dis-moi, c'était bien la veille du jour de nos retrouvailles ? » Laure veut sortir de la chambre. Marc lui barre le passage. « Moi, si j'avais été toi, chiffre 13 pour chiffre 13, j'aurais écrit la même chose, mais page 173. » Laure le regarde « et la durée ? » « Quoi la durée ? » « Je voudrais que les histoires durent, de nouveau. Et puis c'est comme ça que je l'ai vécue. Et ce n'était pas un mec, c'était lui. Un autre. Quelqu'un. » « Tu joues mal. » « Et toi, comment jouais-tu derrière la porte ? Tu écoutais ! » « Je venais t'annoncer que nous ne te prenions pas dans notre prochain spectacle. Après Amiens, on se quittera, bons amis. » Marc laisse passer Laure.

Dans l'escalier, il la rattrape « attends, les autres ne le savent pas encore ». « Alors pourquoi as-tu dit nous ? » « Tu es trop vieille pour le rôle. Je t'ai toujours parlé franchement. » « Dis-moi aussi que je ne suis pas assez vieille pour les rôles de vieilles ? » « Il y a un peu de ça. » « C'est tout ? » « Oui, c'est tout. Fâchée ? » Elle le pointe du doigt « non, toi, tu es fâché ! Pas moi ».

Plus tard, devant les autres, dans le minibus, il

lui dira « de toutes les façons, ton histoire, elle n'a pas de fin ». « Mais si, elle a la fin que tu peux lui donner. Je dis bien donner. » « Alors, elle le retrouve ? » « Si tu le veux, oui. Elle le retrouve. » « Mais toi, ta fin, c'est quoi ? » « J'ai continué jusqu'à Avignon. Je suis tombée sur toi, le lendemain. Tu me parlais comme si tu avais joué Octave, la veille. Au théâtre, les acteurs vieillissent mieux que les actrices. Je suis contente. Je ne connaissais pas Amiens. » « Tu n'as pas répondu à mes questions. » « Nous avons trop répondu à toutes les questions, Marc, depuis trop longtemps. Au fait, la pièce que nous allions jouer pour deux dernières fois, ensemble, je ne suis pas d'accord avec toi, ce ne sont pas les salles qui sont trop grandes pour elle. C'est elle qui est trop grande pour nous. » Quelqu'un de la troupe dit « mais de quoi parlez-vous ? » Laure se sent bien. Tout est très bien ainsi.

IV

MATHIAS

Je m'appelle Mathias. Je n'ai qu'une histoire à raconter. La voici. Il n'aimait que le souvenir de notre première rencontre. Le souvenir de tout ce qui s'était passé avant même que nous échangions nos noms. Il n'aimait, n'aima que le plaisir du premier regard échangé à la terrasse du café Justin, la peur de nous parler puisque nous étions à des tables séparées, cette manière de faire semblant de ne pas se voir, cette impression d'être observés par la ville entière, et à Sargues, sous-préfecture, comme un couvre-feu, dès neuf heures du soir, derrière les volets, tout peut arriver, tout arrive, il ne faut pas en parler. Il ne faut pas parler.

Il se lève. Je crois qu'il va partir. Non, il change de chaise. Il s'est un peu rapproché de moi. Il commande un autre panaché. Plusieurs fois, il vérifie s'il n'a pas perdu ses clefs. Il lit un journal, de la dernière page à la première. Il feuillette. Il lit les titres. Le suicide de Berthier. L'éditorial « Un homme de caractère ». Il regarde les photos. C'est tout. Ou bien même pas. Il sait qu'il m'intrigue. Il pose son journal sur la table, prend son verre, boit et en profite pour m'observer. Je regarde ailleurs. Fin septembre. Les vacanciers sont repartis pour les villes, et les villes en hiver « ça doit grouiller, là-haut », c'est ce que je me suis dit. A la terrasse du café Justin, il n'y eut plus bientôt que lui et moi. Le serveur rentrait les tables, pliait les chaises. Le patron venait de débrancher le juke-box, et Rex, son chien-loup, faisait le tour de la place. Les Rachet sont passés, bras dessus bras dessous, flanqués de leur aînée qui exhibait son manteau tout neuf, spécial rentrée des classes. Sargues, en septembre, le soir, se remet à sentir la pierre. Quand les Rachet sont passés, j'ai baissé la tête. Je crois que j'ai rougi. Oui, j'ai rougi à ce moment-là. Fallait bouger. Fallait faire quelque chose. Nous ne pouvions plus rester là. Les Rachet sont pharmaciens. Ils pensent que j'ai eu « des maladies ». Ils ne pensent que par ordonnances.

Il ne m'a aimé que pour ces instants-là, ce soir-là. Il y a sept ans. Moi, ce qui m'intéressait, c'était de rencontrer quelqu'un. Quelqu'un d'autre. Un autre. Entrer chez quelqu'un. Dans quelqu'un. Me faire une petite place. Pour une fois. C'est lui qui m'a regardé en premier. Non, c'est moi. Rex s'est mis à aboyer devant la terrasse. Justin a gueulé « aux pieds ! » Le chien est rentré. Le serveur balayait les mégots et les feuilles de platane. J'ai laissé l'argent de la consommation sur la table, service compris, je me suis levé, j'ai boutonné mon blouson, relevé le col et j'ai traversé la place sans me retourner. C'était bon. Quelqu'un. Lui. Celui-là. Derrière moi. Quelqu'un qui passait dans ma vie et quelqu'un qui s'était arrêté dans ma ville. Je n'étais pas rasé. Je portais une chemise de trois jours. A l'entrée de la rue des Marchands, je suis passé devant la boutique Materna : j'ai souri, je savais qu'il me suivait. Ça, Materna, il ne l'a jamais su, il ne le saura jamais. C'est mon premier soir à moi.

Je suis passé devant le cinéma Familia, « fermé pour cause de travaux » depuis des années. Il n'y a plus de ciné à Sargues, il n'y a plus de train, la gare a été transformée en entrepôts, Delta Déménagements ; il n'y a plus de cloche au clocher, elle est tombée, il n'y a plus personne aux messes et plus personne qui ait vraiment envie de devenir maire. Il n'y a plus que des biscuiteries, les biscuits de Sargues. Je travaille chez Galay, emballeur, spécialiste des assortiments « Rafale », « Troïka », « Tea for two », « La Duchesse », « Grands Jours » : c'est moi. En boîtes métal. Je compose les plateaux. Jamais un biscuit de cassé. Je pointe toujours chez Galay. J'ai refusé les avancements. Sargues, le soir, se met à écouter les bois au nord, à guetter la vallée à l'est, à scruter les monts du sud et la plaine de l'ouest. C'est une ville inquiète de n'être qu'elle-même. Je me suis toujours demandé pourquoi on avait construit une ville, là. J'y vis. J'y ai toujours vécu. Grand-mère Léa disait « je veux bien parler, mais seulement le soir. Le jour, ça n'aurait plus de charme ». Une clef pendait à sa ceinture qui n'ouvrait aucune porte « faut toujours en avoir une ». Elle récupérait les bouts de ficelle et sur la boîte où elle les rangeait elle avait écrit « bouts pour rien ». Léa est morte, j'avais six ans. Elle n'aimait pas ma mère, sa bru, parce que ma mère lui demandait toujours pourquoi, « pourquoi tout ! » Mes parents ont pris leur retraite chez les « pourquoi » dans le centre de la France, là où mon père, en garnison, avait rencontré celle qui devait me mettre au monde. J'ai une sœur. Mariée. Quatre enfants. Elle vit dans une ville, « plus près de maman » dit-elle. Dans ma famille, on ne s'écrit pas : on se quitte. On ne se voit plus. Je me souviens seulement de Léa, quand elle me lavait des pieds à la tête, « ben mon petit gars », et elle me frictionnait « faut toujours être propre comme un sou neuf ». Elle me pinçait le nombril « ça vaut bien une brise ». Elle disait « brise », avec l'accent, et elle ajoutait « c'est plus joli », avec l'accent. Jau-lit.

Materna, Justin, Rex, panaché, Familia, « Troïka », pourquoi Léa : en marchant, sans me retourner, je pensais à tout cela. En vrac. La précision des plateaux, c'est pour la journée. J'ai remonté le boulevard Gambetta, je suis passé devant la Caisse d'épargne, le monument aux morts et, devant la Maison des jeunes et de la culture, je me suis arrêté, demi-tour, cigarette. Le temps d'allumer la cigarette, il était devant moi. J'ai souri. Il a dit « j'ai froid ». J'ai répondu « j'habite pas loin ». Il m'a suivi.

Déplacer la table basse, ouvrir le canapé-lit, tendre les draps et couvertures, prendre les oreillers dans le placard, brancher la musique, flûte indienne, allumer la lumière du chevet, éteindre la lumière plafonnière, retirer ses chaussures, suspendre le blouson, et lui, lui, ne bougeait pas. Je me suis dit « encore un qui vient des belles maisons ». J'ai mis beaucoup de temps à défaire le nœud de sa cravate. Il a tenu à plier son pantalon sur mon blouson. Son regard, j'étais tout entier dans son regard et cela me fit éteindre la lumière. Ce n'était pas nuit noire. Rais de lumière municipale, plafond strié, le plafond de mes soirs solitaires. Il était là. Venu d'ailleurs. Et son regard, dans l'ombre, me gênait plus encore. Sa seule présence avec moi lui racontait une histoire à laquelle il ne voulait pas croire. Des gens comme moi, pour lui, n'existent pas. J'avais envie de pouffer de rire. Pour me retenir, je l'ai embrassé. Je suis plutôt grand, fort, musclé. Je suis né comme ça. Un peu plus tout. Et lui, l'autre, le délicat de la cravate, avait un corps comme une rivière. Il se faufilait. Plus je lui donnais du plaisir plus il remontait jusqu'à la source. Nous

nous sommes fait l'amour, en profond silence, et c'était tant mieux pour les voisins. Quand le réveille-matin a sonné, j'étais encore à le mouiller. « Va falloir nous quitter. »

Un bol de café pour deux. Il m'a dit « je m'appelle Raoul ». J'ai répondu « je m'appelle Mathias ». Au moment où j'allais ouvrir la porte, vague sourire, il a murmuré, lentement, avec diction, sans sentiment « il me manque toujours quelque chose pour être heureux ». J'ai répondu « c'est ça le bonheur ». Je n'ai même pas dit « c'est peut-être ça le bonheur ». Fallait qu'il parte.

J'ai compté jusqu'à cent. Les gens ne devaient pas nous voir sortir ensemble. Puis, j'ai dévalé l'escalier. J'ai enfourché mon vélo. En route pour l'usine Galay. Trois kilomètres, côté plaine. Nous n'avions ni l'un ni l'autre éprouvé le besoin de nous donner un autre rendez-vous. En arrivant à l'usine, je me suis rendu compte qu'il m'avait suivi au volant d'une voiture noire, lustrée, stricte, comme lui. Des copains l'ont remarqué. « Ben, Mathias ? » « Laisse tomber, c'est un pédé. » « Alors, t'as ralenti ? » Je n'ai pas relevé. C'était il y a sept ans. La première heure, j'ai cassé un biscuit.

Journée continue. A cinq heures de l'après-midi, la ruée, c'est à qui montera dans sa voiture en premier. A Sargues, la sortie de l'usine ou la sortie de l'école, c'est la même chose. On ne grandit pas. On vieillit peu. Peut-être parce que le biscuit, ça ne salit pas. Seul le parfum est entêtant, odeur de farine et de pâtes brassées, brisées, feuilletées, que le sucre lève et que la cuisson rend doucereuse. Raoul n'aurait jamais compris que je n'aime pas les desserts.

Ce soir-là, comme chaque soir, et c'était vendredi,

salut, adieu jusqu'au lundi, je les ai laissés faire leurs petits effets de vrombissements en tous genres. Moi, j'attends. Même quand la grille est fermée, je peux passer par la porte avec mon vélo. Dix minutes plus tard, je les double, ils font la queue à l'entrée de la ville : supermarché, installations sanitaires, agence nationale pour l'emploi, garage Renault, clinique Beaupré, jusqu'au petit pont qui enjambe la Capte qui ne coule plus que comme une larme et dont le lit sert de parking les jours de marché. Ce soir-là, je savais bien qu'il y aurait un petit mot sous ma porte. Non par vanité. Seulement parce qu'il lui manquait toujours quelque chose pour être heureux. Il. Lui. L'autre.

« 22 septembre. Cher Mathias. J'ai oublié ma montre. Je ne la retire pourtant jamais. J'y tiens d'autant plus que c'est le cadeau d'une amie, avec laquelle je jouais. Car j'ai été acteur. Il est vrai que nous nous sommes peu parlé. Bref, cette montre, j'y tiens. Elle est restée chez toi. Je ne m'en suis aperçu qu'après t'avoir vu disparaître dans la cour de cette usine. J'ai fait demi-tour. J'ai retrouvé ta rue. Ta maison. N'aie pas peur, je n'ai croisé personne. Et j'ai vérifié si tu avais une boîte aux lettres. Avec ton nom. Veretti. Mathias Veretti. C'est beau. Tu es beau. Tu as un beau nom. Et un beau prénom. Je n'aime pas le mien. Tu as dû le sentir. Nous sommes trop faits pour nous revoir, ce serait trop grave. Et tu le sais. Peux-tu me renvoyer ma montre, par paquet exprès recommandé. Mon adresse est au bas de cette lettre. Je joins un billet de cinquante francs pour les frais d'expédition. Je compte sur toi. Le fait que je te donne de l'argent pour payer les timbres n'est pas une offense. Je ne sais seulement rien, ou peu de toi, ou beaucoup si finalement on ne sait rien d'autre que le corps de l'autre et peu, si peu, ce qui se passe dans sa tête, d'où il vient, son origine et ses desseins. Voici qu'une phrase entraîne l'autre. Cette montre m'a obligé à rebrousser chemin alors que je te fuyais avec la ferme intention de couper court parce qu'il ne faut jamais se revoir quand tout se passe très bien, comme s'il fallait ne se revoir que lorsque tout se passe mal. C'est confus. Je le sais. Je sais aussi que je glisserai cette lettre sous ta porte plutôt que de la jeter dans cette boîte qui porte ton nom et dans laquelle n'importe qui peut introduire la main. Je dois prendre le train de 11 h 45, le train Marseille-Paris et auparavant rendre la voiture de location. Il doit bien y avoir deux heures de route. Je voudrais également me doucher. Me raser. Etre net pour le voyage. Je suis attendu à l'arrivée. Non c'est faux. Je vis seul. Il n'y aura personne sur le quai. Et il ne m'est pas si désagréable, ce matin, de me sentir sale. Ce n'est pas sale. Je me contredis. Qui es-tu ? Je voudrais te revoir. Je te reverrai. J'ai besoin d'en savoir plus sur toi. Et j'ai besoin de me dire. Non, je ne veux rien savoir. Rien de plus que ce que je sais. Je t'ai regardé. Tout le temps. Je connais également tous les objets de ta chambre, tout ce qui t'entoure. Et ton odeur. Et ce n'est pas seulement une odeur de peau. Que fais-tu dans la vie ? Ecris-moi, je t'écrirai. J'ai dû oublier quelque chose d'autre, chez toi. Nous en reparlerons. Je t'embrasse. Raoul. P.S. Je n'avais jamais embrassé personne dans une lettre. Raoul Karpak, 7, rue Odilon-Gaudibert, 75013 Paris. Merci. »

C'était une montre Oméga, un modèle ancien, plaqué or dix-huit carats, avec un bracelet en « croco véritable ». C'était écrit, gravé, dans le cuir, côté peau. Mon premier geste fut de la mettre à mon poignet gauche, mais le bracelet était trop petit. Même pas l'ultime cran pour moi. Je ne trouve jamais rien à ma taille. Alors j'ai posé la montre sur la table basse, à côté de la lettre, j'ai refait le lit, j'ai refermé le canapé et je me suis assis dessus. Pour respirer. Mon appareil à cassettes était resté allumé. Je l'ai éteint. Et j'ai pris mon dictionnaire. E. Les pages de la lettre E. Ex. Expérimentalement. Exploiteur. Explorateur. Expression. A la page expression, exporter, exposer, exposition, j'ai trouvé exprès, esse, du latin *expressus,* participe passé de *exprimere,* exprimer. Lettre exprès, colis exprès : remis immédiatement au destinataire avant l'heure de la distribution ordinaire.

Et cela m'a plu. Il ne m'en faut pas plus. J'ai glissé la lettre de monsieur Karpak, mon participe passé du jour, dans le dictionnaire, à la page expression, et j'ai décidé de réfléchir avant de lui renvoyer la montre offerte par sa maman. Dans le dictionnaire des noms propres (« pourquoi se sentait-il sale ? » c'est ce que j'ai pensé à ce moment-là) j'ai cherché à Gaudibert, entre Gaudier-Brzeska, sculpteur, Gaud y Cornet, architecte, Gaudry Albert, paléontologue : je n'ai trouvé aucune indication. J'ai remis en place les dictionnaires. J'ai glissé la montre dans ma poche, et je suis sorti. C'était décidé : je ne la lui expédierais pas le lendemain. Je voulais d'abord recevoir des lettres. Pour plus ample information. Question de territoire.

Il faut que je m'applique. Ces premières pages, pages uniques, je n'en écrirai certainement jamais d'autres, je les ai relues maintes fois tout comme j'ai ouvert au hasard ceux des romans que j'avais particulièrement aimés ou dont j'avais goûté la lecture, et c'est un fait, j'écris ceci et je n'écrirai pas toujours, je dis je, Raoul dit je, je n'emploie pas le passé simple que je trouve trop compliqué, emprunté, lustré comme sa voiture de location, et l'imparfait du subjonctif, tonalité de sa voix quand il m'avait fait l'étrange confidence de ce qui lui manquait toujours pour être heureux alors que nous n'avions pas perdu une seule seconde de la nuit, notre nuit éberluée. Notre première nuit. Donc, un passé simple, pour donner de l'allure ou trouver l'allure. On ne vit qu'un roman, une fois, et on se dit toujours le même. Et « vit », c'est le passé simple du verbe voir et le présent de l'indicatif du verbe vivre.

Je reçus plusieurs lettres dans les mois qui suivirent mais je les ai égarées. Puis, plus rien dans la boîte. J'avais beau passer la main dedans. Il y eut un printemps et six fois quatre saisons. C'était assez bien avant et ce ne fut jamais mieux après. La montre marche bien. Lucien Bregou, l'horloger de la place Saint-Pierre, le jour où j'ai acheté un bracelet à ma taille, m'a dit « c'est un mécanisme inusable ». Le seul ennui, c'est qu'il faut la remonter chaque matin. Pour la journée. Et les jours passent. Je n'ai rien d'autre à écrire. Je ne le revis jamais. J'ai écrit. Raoul. Raoul Karpak.

A l'usine, dans la boîte « Suggestions », j'ai déposé une idée de nom pour un nouvel assortiment de biscuits : « Erreur fatale ». J'ai même proposé un slogan « Pour le plaisir de rompre ». Au comité, ils ont cru que c'était une blague et ils ont dit que ça « ne se vendrait pas ». Sargues, ses biscuits, sa cathédrale, ses campings, et sa piscine.

Aujourd'hui, jeudi 18 février, je me suis arrêté devant la vitrine de la librairie Roussel, en face du café Justin, à côté de la boutique Materna. J'ai remarqué un livre, *La Capte,* roman, et le nom de l'auteur, « Karpak ». Sans prénom. J'ai regardé l'heure, dix-huit heures seize, sept ans plus tard. Chacun vole à l'autre ce qu'il peut. Son roman, je ne le lirai pas. Je suis rentré ici. Je me suis mis à écrire mon histoire. Cette histoire. Mon roman. Il ne me le volera pas. Il est minuit. Parfois, je me dis que Léa me manque et qu'elle m'a oublié sous la douche. J'attends qu'elle revienne me sécher. Elle faisait des patiences et, quand elle sentait qu'elle allait perdre, elle avait une vertigineuse manière de brouiller les cartes. Fin.

V

SAM

JEAN HANSSEN est mort le vendredi 19 février, tôt, le matin. Il est tombé du haut de la falaise, au-dessus du village de Crantac où il demeurait depuis sa mise en disponibilité qui avait suivi de quelques semaines celle de Simon Breillard, son plus proche collaborateur à l'Association d'échanges culturels, A.E.C. Célibataire, secret, ombrageux, hanté par la maladie et par la solitude, cet homme de cran avait, semble-t-il, tout sacrifié pour sa carrière qu'il menait parfois de manière arrogante, n'hésitant pas à critiquer les pouvoirs des différents gouvernements dont il avait été le fonctionnaire et dont il ne voulut jamais se constituer l'employé. Souvent, sous le précédent septennat, il avait dénoncé ce goût des « réunions-marathons et sans issue » qui selon lui étaient « l'héritage nostalgique et suspect de Mai 68 » et qui empêchaient désormais toute « possible prise de décision prospective. C'est la petite mort ». Très vite, après la constitution du nouveau gouvernement, sous le nouveau septennat, il avait dénoncé la « trop grande hâte à conclure et à statuer ». Simon Breillard avait, dans un premier temps, payé pour lui. Il avait tenu lui-même à l'annoncer à Breillard. Il lui aurait dit, ce jour-là,

« nous vous trouverons un autre poste. Nous vous aimons beaucoup. Je vous aime beaucoup, vous le savez ». Breillard lui aurait répondu « je m'en fous. Ce que je veux, c'est du travail. L'amour, je m'en charge ». Hanssen et Breillard avaient en commun un ami, l'écrivain Karpak. Hanssen prêtait à Karpak sa maison de Crantac, non loin de Sargues, lorsque celui-ci voulait s'isoler pour écrire. Pour Hanssen, n'être pas malade, c'était « n'avoir rien ». Et Karpak fit dire à un personnage de l'un de ses romans, fortement inspiré de la vie de Hanssen, « qu'est-ce qu'on est bien quand on n'a rien, même si on n'a personne ». En fait, Hanssen avait quelqu'un dans sa vie, dans sa tête, celui qu'il appelait sans jamais le nommer « mon passager clandestin ». Bernard Aste, de son vrai nom Samuel Astelaze. Sam.

Le corps de Jean Hanssen ne fut découvert qu'en fin de matinée, le vendredi 19 février, non loin de la route, au pied de la falaise. Il ne portait sur lui aucun papier. Seulement une lettre qui permit de l'identifier. Voici le texte de cette lettre écrite à Sam dans l'avion qui conduisait Hanssen à Pékin et à Tokyo, ultime mission qu'il effectua avant d'être à son tour mis en disponibilité. Cette lettre, Hanssen l'avait donc gardée pour lui. Et voici le récit de sa dernière soirée. La lettre. Et le récit. Hanssen moquait volontiers Karpak et parfois lui lançait « rien ne constitue, tout est reconstitué. Tu n'es qu'un vautour » ou bien « tu recrées, tu ne crées pas. Dès la page 7 ou 10 de tes romans, l'émotion n'est plus à l'état naissant. Tu distrais. Tu te distrais. Tu te fais plaisir. Tu mens. Le lecteur est nombreux. Innombrable même s'il n'est qu'un. Le roman ne captera jamais le clandestin. Et nous écrivons tous. Un toujours premier chapitre. De quel droit vas-tu jusqu'au bout, toi ? Au nom de qui et de quoi ? »

La lettre. « Karachi. 13 novembre. Cher Sam. Sam, c'est entre nous. Ton vrai prénom. Samuel. Celui de ta carte d'identité. Celui d'une intimité, violée, un soir, quand tu me fis cette confidence il y a des années déjà. Et comme il te va bien, toi, Céfarade, neveu de Jessica, d'Esther et de Rebecca, petit-fils d'Istanbul, fils d'Alexandrie. T'a-t-on promené, bébé, dans un landau, devant ces hôtels borgnes des rendez-vous amoureux qui hantaient le poète Cavafy ? Il doit y avoir, dans ces hôtels-là, quelques lits défaits, froissés, joyeux, qui attendent l'étreinte des passagers amoureux, ceux-là qui ont avant tout le sens des regards échangés et qui font " tout " les yeux ouverts, ce " faire tout " qui nous lasse puisque désormais nous pouvons tout faire. Je t'écris parce que je veux vivre. Draps gris des poèmes de Cavafy.

« Je t'écris pour ce désir-ci qui ne rapproche plus nos corps (combien de fois ai-je pu te dire " un geste tendre ne coûte rien " et toi me répondre " un geste tendre n'engage à rien " ?) et par ce désir-là de célébrer le temps, après tant de temps de rupture, qui nous pousse l'un vers l'autre puisqu'il nous arrive de nous revoir et de nous restaurer, ensemble. Pourtant, ces gestes de tendresse, nous ne nous les échangerons plus. Peut-être sommes-nous, à nous les interdire, à ne pas oser, à recréer un de ces interdits qui furent et demeurent le sceau de notre sensualité ? Tu es beau. Tes yeux. Ton regard. Et je te vois pousser un grand nez, celui-là même qui dénonçait les Juifs. Notre pays n'a toujours pas vécu le nazisme. Pour lui, sous masque de répulsion, c'est toujours l'incubation d'une fascination. Cinquante ans bientôt, et il n'y a pas de semaine, dans toutes nos presses, sans documents d'horreur, présentés comme tels, qui ne soient en fait que des pâtures pour voyeurs. Un comble. Des combles. Au haut d'un pavillon petit- bourgeois, pays de banlieues, de toujours enfants d'une histoire stoppée vont, en cachette et sous couvert de la bonne conscience des dénonciateurs, se régaler et se fasciner de ce qui fut assoupissement, trahison, délation, dérision, superbe d'un peuple trop riche d'or et de colonies, repu, gavé, gourmet, rompu aux subtiles élégances d'intellectuels et artistes dénaturant tant le courage et l'espoir que la cassure de tous les sens. Je les tiens tous, à égalité, pour responsables car je les admire fort : ils m'ont appris à lire et ils anesthésient encore. L'un d'eux, dans un journal du jour, parle de Doriot, comme si celui-ci allait revenir, possible, comme si celui-ci était revenu, c'est fait ; on parle de lui. Nous sommes malades, atteints de " sinistre mémoire ". Même nos plus grands philosophes n'ont provoqué que des bagatelles. On ne les faisait sortir dans la rue que pour les photographier. Et je te vois pousser un grand nez. Qui me fascine. Oui. Comme si tu le projetais hors de ton visage. Afin de dire qui tu es. Fils et petit-fils de. Et les quelques errances qui t'ont conduit à Paris, Lutèce, que tu appelles Lucette, maintenant. Psychiatre. Vingt-sept ans. Et moi quarante-deux. J'avais quinze ans quand tu es né. J'ai quinze ans quand je te regarde. A quinze ans, on ne jouit pas, on gicle. Dans l'avion, ce matin, avant l'escale de Karachi, j'ai lu, document de la semaine de notre magazine de plus grande diffusion nationale, un article sur " Les soldats français d'Hitler " et la " Division Charlemagne ". C'est là. Encore. Monnaie courante. Et les photos d'illustration ont des grâces esthétiques. De beaux soldats. Une mode. Un mode de comportement qui invite à des nostalgies qui nous devancent encore et piègent l'esprit. Je veux vivre, Sam, je veux vivre un temps présent, le temps qui vient. Et nous deux, comme tous, comme si nous avions tout à réapprendre. Et toi, c'est l'autre, le *Nous deux* moqué de la presse du cœur dont il m'est arrivé de dire qu'il devrait désormais s'intituler *Nous trois*, triangle, triangle rose de nos couples de même sexe, toujours un troisième qui passe, ravit, emporte, parce qu'il paraît, éblouissement de la rencontre première, neuf, au corps inconnu (odeur, souplesse, soupirs, savoir-toucher) porteur du message de cet amour parfait, cliché, aussi peu incubé que le nazisme de l'Histoire. Pour nous. En France. Et toi aussi, venu d'ailleurs, comme je suis venu du nord de l'Europe, catholique, chassé par des calvinistes, et sans doute juif d'origine, autant tenu par la morale ouverte de mon Evangile que toi par celle, fermée, de ton Testament. La voici cette lettre que tu as tant attendue de moi lorsque tu me répétais “ je voudrais que tu m'écrives comme tu me parles ”. La voici, comme une étourderie. Je ne suis pas sûr de t'aimer, ou plutôt de t'avoir aimé, en dehors de l'Histoire, telle que nous en répétons la dictée fascinée. La parole, notre parole, n'est plus interdite si nous choisissons, envers et par tous les jugements prévisibles, de la re-prendre pour un parcours. Un itinéraire n'a de signifié qu'à deux, l'autre constituant la réponse, le repère et le repaire. Je t'aime comme quelqu'un que je ne prendrai plus jamais (!) dans mes bras parce que ce désir-là, maintes fois et si mal assouvi, il y a des années, nous a laissés pantelants et proies de cet amour durable, idéal imposé par des siècles de répressions et de romantismes. Je t'aime comme quelqu'un que je regarde vivre et que je peux écouter, enfin, sans jalousies extrêmes, sans volonté de te façonner, avec pour seul désir de vivre un peu de vie avec toi et de te sentir te modifier en me modifiant ou témoin de ma modification. En cela, mon petit passager clandestin, je t'aime terriblement. Et nous sommes incapables de ces gestes qui coûtent ou engagent. Le stylo est vide, je change pour un crayon feutre. Tant pis pour les pleins et déliés. Mais peu importe. Je t'aime car nous n'avons pas su encore nous aimer. Et je vieillis plus vite que toi. D'autres plus jeunes arrivent que tu appelles les jeunes. Karachi. A l'aéroport. En transit. Je ne verrai rien. Ni de cette ville ni de ce pays. Des boutiques entourent le hall. A l'étal, des objets en argent ciselé et des tapis de bazar. Je t'écris. Tu es Sam. Samuel. Tu es l'autre. Je n'ai pas souvenir d'avoir vécu une seule seconde depuis le jour de mes quarante ans. J'étais à Crantac. Ce jour-là, après des années de coupure et d'absence, de dure présente absence de toi, tu m'avais adressé treize roses rouges. Quelques minutes après la visite du fleuriste Interflora de Sargues, j'apprenais la mort de ma mère, Monique, Moune, Nickette. Le soir, nous nous parlions au téléphone. Retrouvailles. Je venais de t'annoncer la nouvelle, ma volonté d'abandonner la capitale, de renoncer à mon poste, et d'écrire. « Je dois passer par là. Je dois passer par là, n'est-ce pas ? » Et je t'entends, ton grave de l'hésitation, comme un raclement de gorge, penser et commencer à dire « non » puis te raviser et dire, à contrecœur, ou à esprit défendant, « oui », ce qui donna « noui ». C'est grièvement risible, et je te cite pour le grièvement, toi, le jeune docteur, le désormais psychiatre, je ne t'aimais peut-être qu'étudiant, car nous sommes malades ou incapables de dire « oui » ou de dire « non ». L'enthousiasme ne veut pas dire la soumission. Le lendemain, en route pour Bernes-en-Brie, berceau de la famille de ma mère, lentement, au volant de ma voiture, autoroute Nord, six cents kilomètres, mon frère et mes sœurs m'avaient demandé d'arriver avant eux tous afin de « préparer la cérémonie et surtout les fleurs », je pleurais tellement qu'instinctivement je me suis pris, à plusieurs reprises, en flagrant délit de brancher les essuie-glaces alors qu'il ne pleuvait pas : je pensais à ta réponse de la veille et à ce mot de la réponse de notre temps, dans notre temps, que tu venais d'inventer : « noui ». Je t'aime de n'avoir su ni pu encore t'aimer.

« Dans l'avion. Suite et fin. Karachi-Pékin. Tu es Sam. Tu es l'autre. C'est toujours la même histoire. Et « faut pas raconter d'histoires ». Je vais et je veux t'écrire mais tu ne recevras jamais cette lettre. Elle constitue le sujet. Vivre sa vie d'abord. Tout commence dans un avion. Seize heures de vol. Vraisemblablement ma dernière mission de haut fonctionnaire. Et toi, en moi, auquel je n'ai pas lancé de parole depuis des mois. Depuis le jour du « noui », jour de mort et jour de naissance. Je t'aime parce que tu doutes. Tu ne doutais pas quand nous nous sommes rencontrés, aimés, il y a... ? Nous survolons Calcutta. Images. Autres images. Un sentiment nouveau est né, en nous, dans notre pays : la rage. Je voudrais bien qu'il vire à la peur. Nous ne roupillerons plus. Nous deux d'abord. Sam, toi, l'autre : la politique, ça commence à deux. A Crantac, l'architecte, c'est le paysage. Je t'aime. Je vais t'écrire. C'est le sujet. Et tu es toutes et tous. Puisque la rencontre ne s'est jamais effectuée. Ni oui ni non, c'était noui. Oser le oui. L'amour de l'autre est raciste. Je t'embrasse. Jean. »

Le récit de la dernière soirée. Seulement au moment où ils s'étaient quittés, Jean Hanssen avait eu l'impression que Sam aurait pu parler. C'était devant la gare. Ils venaient de rouler en voiture, lentement sous une pluie drue, presque tiède, qu'un vent du sud flanquait par rafales, sur la route. L'appareil à cassettes ne fonctionnait pas. Il fallait écouter une radio périphérique, les messages publicitaires, toujours les mêmes promesses de prix coûtants, de prix écrasés, de plus petits prix pour toutes sortes de lessives et toujours la même voix langoureuse pour parler d'un coffret de parfums ou d'un abonnement à une revue de décoration. Plusieurs fois, comme ils s'interdisaient et l'un et l'autre toute parole échangée parce qu'ils allaient se quitter, ou l'un ou l'autre avait branché la radio, pour l'éteindre du presque même geste parce que le silence, somme toute, convenait à leur séparation et qu'ils éprouvaient vivement, vertige du prochain adieu, le besoin de livrer ce qu'ils n'avaient pas osé se dire pendant les dix jours qu'ils venaient de passer ensemble. Dix jours ou sept ans, et ils se connaissaient depuis sept années, même durée, si peu oser l'autre et pourquoi ? Et Jean Hanssen avait été surpris, debout, sous la pluie, alors qu'il venait de refermer le coffre de la voiture, du geste que Sam, plus petit de taille, avait eu, lui saisissant la nuque et l'embrassant sur les joues, presque à la commissure des lèvres, comme un baiser manqué. Sam aurait pu sangloter et ce n'était pas son genre. Ils avaient une heure d'avance. Sam avait dit « j'attendrai au buffet de la gare. Je sais que tu n'aimes pas conduire de nuit ». Jean Hanssen avait repris le volant, ému. Seul. Et cette fois les rafales de plein fouet. Jean Hanssen repoussait en lui le sentiment de regret. Chacun avait, une fois encore, refusé de vouer à l'autre son sentiment d'attachement et d'arrachement. Malgré leurs connaissances de la vie, de ses dictées et de ses clichés, ils avaient fait semblant de croire que vœux ou aveux passaient forcément par des mots. Au buffet de la gare, Sam, le jeune docteur Sam, verrait le garçon de salle, handicapé physique, traité comme un chien par un patron et une patronne, roquets de derrière le bar ; houspillant leur protégé aux lèvres humides qui serre toujours maladroitement contre lui un plateau, mains tordues, bras de longueurs différentes, et ce déhanchement qui fait vaciller et provoque la peur des voyageurs du départ, donc déjà ailleurs. Sitôt quittée la ville, pleins phares, Jean Hanssen se dit que Sam ne supporterait pas le spectacle de cet employé et qu'il était déjà peut-être en train de le défendre alors que quelques minutes auparavant la difformité de leur amour ne lui avait inspiré qu'un silence en réponse à son silence. Jean Hanssen se sentait trop vieux. Trop vieux de quinze ans. Si Sam avait sangloté ?

Puis ç'avait été la route sinueuse, l'abandon de la nationale 113, réputée la plus meurtrière du pays, et l'entrée dans la vallée, la Vallée, avec un V majuscule, c'est ainsi que les gens venus d'ailleurs la nommaient, avec fierté, comme s'il s'agissait d'un lieu extraordinaire puisqu'ils avaient choisi d'en faire leur repaire, de s'y regrouper, de s'y parquer, d'y bâtir ou rebâtir des bastides, des mas, des domaines, des hameaux. Jean Hanssen avait connu ce paysage intact, ruiné non pas par le temps mais avec le temps, une si belle compagnie dans l'oubli. Refort, Ragères, Saint-Gismond, Crantac, autant de villages saccagés, en principe restaurés et de nouveau vivants, plus morts qu'avant, en fait et de constat, car toutes ces maisons levées, relevées, ornées, serties d'arbres de plantation récente, ressemblaient à des veuves errantes, les yeux fermés, volets clos, royaume des braqueurs et des as de la cambriole : il ne se passait pas une nuit sans qu'un système de protection sophistiqué ne se déclenche, sirènes aux timbres aigus. Les gens des villages et des fermes ne s'alertaient même plus. La gendarmerie ne se déplaçait que le lendemain. La terre se vendait à prix d'or. Il était même devenu de bon ton de moquer qui s'installait là. Jean Hanssen savait que seul le paysage l'y retenait. Il vivait plus haut dans la montagne, une maison sans histoire, au pied d'une falaise. Une maison entourée d'arbres, à l'ombre le matin, dont personne n'avait voulu parce que l'ombre et parce que la falaise. Parce qu'elle ne ressemblait pas non plus aux autres maisons habillées de pierres sèches qui se copiaient dans la Vallée. Une simple maison en crépi. Le facteur passait un peu plus tard, c'est tout. La veille de Noël Jean Hanssen l'avait attendu au bout du chemin. Sur la camionnette jaune, il y avait un placard « Vœux de Bonne Année », un oiseau blanc, et un slogan « Écrire, c'est rendre des gens heureux ». Jean Hanssen avait donné au facteur ses étrennes. L'inscription l'avait fait sourire. Le facteur lui avait dit « alors monsieur Hanssen, vous ne nous quittez plus ? »

Il se mit à pleuvoir plus violemment. La route était jonchée de branches cassées et, par endroits, l'eau traversait en torrent la chaussée. A l'entrée du village, les containers destinés au ramassage des ordures municipales avaient été couchés par le vent et des sacs en plastique bleu, éventrés, gisaient près de la fontaine. Il n'y a qu'une lumière sur la place. L'horloge de la mairie était arrêtée. Volets clos. Les quelques habitants dormaient. A une centaine de mètres au sortir du village, après le petit pont, sa maison. Toute fermée également. Avec seulement une lumière à l'entrée « pour le retour, c'est nécessaire » avait dit Sam. Au moment où Jean Hanssen allait éteindre les phares, un renard passa devant la maison, s'arrêta, le regarda, puis détala, queue basse. Jean Hanssen sortit de la voiture, sous la pluie, ferma les portières dans le noir, vaguement peureux, mais pourquoi a-t-on peur d'un renard ? Puis il contourna la maison, les pieds dans les flaques, le visage criblé de gouttes de pluie. C'était bon. Le ciel parlait. Et sitôt la porte refermée à clef, seul, enfermé chez lui, sauf, loin, coupé, il se frotta le visage, se caressa la nuque, là où Sam l'avait tenu, légèrement cramponné, pour le baiser manqué et il se mit à embrasser le mur de l'entrée, mur de plâtre qu'il n'avait pas fait peindre, murs bruts de son refuge. Il regarda sa montre. A cette heure-là, le train devait quitter la gare. Sam était en route pour Lucette, « la grande Lucette, capitale de la sucette ». Il était attendu le lendemain à dix-huit heures quinze à l'hôpital de Clercy, banlieue Est, pour des heures de consultation, « nous prenons en charge des familles. Les enfants de Lucette, et les parents des enfants de Lucette ». Il y avait encore des braises dans la cheminée. Jean Hanssen se réchauffa les mains. La machine à écrire attendait sur son bureau, près de la photo de sa mère. Comme un amoureux impuissant, Jean Hanssen fila vite dans sa chambre. Il y faisait chaud. Il prit le médicament habituel pour dormir. Au moment d'entrer dans le lit, il trouva une paire de chaussettes oubliées par Sam. Il les enfila. Avec un peu de chance, en marchant, dans un rêve, il ferait un rêve de Sam. Il en saurait un peu plus sur son ami. Un ami unique, comme un fils unique.

Lors de son installation définitive à Crantac, Jean Hanssen avait placé sur son bureau un portrait de sa mère, tendre photo d'une jeune fille qui ne savait pas encore qui allait la choisir, l'entraîner et lui faire mettre au monde une famille, deux garçons et trois filles. Jean Hanssen était l'aîné. On avait attendu de lui le premier mariage et le premier petit-enfant. Aussi, afin de ne pas contrarier cette attente, Jean Hanssen avait-il fait les études brillantes nécessaires pour qu'on ne lui pose pas trop de questions de mœurs en milieu tribal, père, mère, frère, sœurs, oncles, tantes, grands-parents, proches et amis de la famille, tous ceux-là qu'animait le désir normal de proliférer et qui ne considéreraient jamais comme normal, à égalité, cet autre désir qui ne génère pas. Jean Hanssen avait eu avec Sam, un temps, au temps de leur rencontre, l'impression que deux êtres se reproduisaient avant tout dans l'amour qu'ils se portaient. Mais de quel amour s'agissait-il ? De celui pour lequel certains militaient, comme s'il pouvait être un jour reconnu d'utilité publique ?

Tôt, le matin qui suivit le départ de Sam, Jean Hanssen ôta les chaussettes, les lissa de la main sur le lit, les plia et décida d'en faire un paquet qu'il enverrait à Sam avec le petit mot suivant « elles ne m'ont pas fait rêver ». Un peu d'humour était tout ce qu'il leur restait après ce que Sam et lui appelaient « les années d'euphorie et les années de crise ». « Et l'humour » disait Sam, citant un de ses maîtres à penser, ou se citant lui-même, maître qu'il devenait de son être, « c'est de l'humus ». Depuis le changement de régime, les vertiges se multipliaient. Les colons et fantasques de la Vallée n'avaient pas fait le déplacement pour les fêtes. Sam pendant tout son séjour s'était interrogé sur la teneur d'une thèse qu'il devait présenter pour obtenir le poste de chef de service dans un hôpital psychiatrique, qu'il occupait déjà, donc une thèse conforme, plate, toute en répétitions et en « savoir su », alors qu'il se savait capable d'inaugurer, voire de créer, un nouveau mode d'approche des enfants jugés malades par des malades du jugement. Jean Hanssen, lui, paradoxalement, par conviction, et il l'avait toujours prouvé, au plus risqué, de poste en poste, n'avait pas eu, en mai, à retourner sa veste comme la plupart de ceux de sa caste, loups de l'Administration, et cela même l'avait désigné, en même temps que Breillard, alors que les autres s'empressaient, flattaient, et somme toute, sous le caparaçon d'un nouveau gouvernement, s'échangeaient déjà leurs postes, changeaient de case. Lui pas. Il se retrouva en disponibilité, avec prime. Dix ans de plus, on l'aurait fait bénéficier d'une retraite anticipée. Plus de bureau, plus de rendez-vous, plus de subventions à distribuer, plus de services à rendre et plus besoin de nouer chaque matin une cravate plus ou moins terne. Il était « disponible ».

Jean Hanssen fit claquer les volets de la maison. Volets gris et ciel gris, lambeaux de nuages déchirés par la falaise, la Vallée était noyée de brume, la radio diffusait des informations alarmantes, citait Budapest, Prague, l'Afghanistan, les mots de « Yalta » et de « partage du monde » revenaient comme une ponctuation. Un tel avait fait telle déclaration, tel autre affirmait que. Tout cela était encore une fois bien confortable. Devant la mise au pas ou l'envahissement de ce pays dont le nom revenait comme un glas, le monde entier, en mémoire de l'Histoire, s'était toujours tenu bras croisés, attendant le pire pour plaindre. A quoi serviraient encore les appels et les dons ? Ce magot de malheur, chacun s'en emparait pour jouer le malpropre jeu de *sa* politique dite intérieure. Le café était prêt. Jean Hanssen se souvint de son père citant saint Paul à la fin d'un repas délicat, était-ce pour les fiançailles de Pierre, ou celles de Marie, de Jeanne ou de Sophie ? « la nourriture c'est pour le ventre et le ventre c'est pour la mort ». Le père avait ri du silence que son dire avait provoqué autour de la tablée « cela ne devrait pas vous couper l'appétit. N'oubliez pas que nous sommes malades de trop ». Il avait porté un toast aux jeunes fiancés, « aux beaux jours qui reviendront et aux enfants qui surprendront ». Jean Hanssen avait baissé les yeux. Son père l'observait. Sa mère lui avait fait passer une assiette de biscuits en murmurant « tu ne devrais plus avoir peur de lui. Cette peur m'appartient. Trouve seulement celui qui t'aimera ». Elle avait dit « celui ».

Celui-ci, celui-là, ceux-là : des visages, à peine des visages, des passions brèves parce que lancées sans lendemain, dès la donnée de la rencontre, des espoirs ne s'ancrant jamais, ou lui ou l'autre, ou les deux à la fois, faisant volte-face pour un autre hypothétique, à rencontrer, à aimer, et jamais celui, « celui », unique, pour s'arrêter, se fondre, partager, et confondre l'idée même de rupture ou, pire, celle de vieillesse. Il n'y avait eu que Bernard Aste, Samuel Astelaze, Sam, et il ne participait au goût du café noir de ce petit déjeuner-là, ce matin-là, que parce qu'il était réapparu après des années d'écart, ébahi, bredouille, en chasseur solitaire, non plus convoité, mais lui aussi, désormais, convoiteur. André Hanssen, le père, était mort, emportant avec lui ses traits et citations, celle-là, notamment, qui était revenue en mémoire de son fils Jean pendant la dernière mission, pensée du poète chinois Kuan Tzu, « du troisième siècle avant Jésus-Christ », annonçait en préambule le père, « si tu fais des plans pour un an, sème du blé. Si tu fais des plans pour dix ans, plante des arbres. Si tu fais des plans pour la vie, instruis les hommes ». Les Hanssen, depuis trois générations, et même quatre puisque Pierre, le cadet, avait repris l'affaire de famille, étaient imprimeurs de la S.N.C.F. Tous les indicateurs d'horaires passaient par eux. Le père, au scandale du reste de la famille, « la famille » disait-il « c'est toujours le reste... », avait refusé qu'on l'enterre religieusement et, sur sa tombe, avait demandé à ses enfants de faire inscrire à la place de son nom « N'être rien. Simplement rien. » Dans son testament, il avait commenté la demande « c'est une expérience qui fait peur. Il faut tout lâcher ». Monique, Moune, Nickette, la mère, née Dubost, fille de notaire, était morte peu de temps après son mari. Pierre, Marie, Jeanne et Sophie, eux, avaient fait de beaux mariages et plein d'enfants. Les problèmes de succession n'étaient toujours pas réglés. Encore moins depuis le nouveau gouvernement. Pierre et les trois beaux-frères qui s'étaient, pendant des années, flattés d'avoir

« quelqu'un de la famille à un poste clef » avaient cessé d'appeler Jean Hanssen et de le solliciter du jour du 10 mai au lendemain le 11. Ils le soupçonnaient d'être de ceux qui avaient « bradé le pouvoir » et provoqué ce qui allait « devenir une faillite ». « Nous allons subir un électrochoc. Mais comment se retrouve-t-on, après un électrochoc ? » Les premiers temps, Jean Hanssen s'était amusé de leurs mièvres mines si par hasard il les rencontrait, un amusement grave puisque Marie et Sophie en robes du soir et leurs époux en smokings, le soir de l'élection du président socialiste, dans la voiture décapotée de Sophie, étaient allés, sous la pluie, sabler le champagne, en stationnement pont Marie, en lançant aux passants des « nous avons perdu ! » et levant leurs verres, riant. Marie, éternelle étonnée, avait précisé « et c'est incroyable, personne ne nous a lynchés ».

Le café était amer. Jean Hanssen le jeta dans l'évier, lava le bol, la cuiller, et rangea le sucrier. La brume dans la Vallée se dissipait. Il se souvint de Sam, peu avant le départ pour la gare, récitant à voix haute, et par dérision, ce qui allait pouvoir devenir la première phrase de sa thèse « L'inconscient est une hypothèse. L'inconscient serait-il une hypothèse ? Et si l'inconscient n'était qu'une hypothèse... » Jean Hanssen ne voulait pas comprendre. La discipline de cet autre discours le distinguait de Sam. Un autre sujet de passion. Tout comme sa famille demeurerait étrangère et ne constituerait jamais un sujet annoncé, véritable. C'était toujours la même famille, des mêmes quartiers, dans tous les romans qu'il avait aimés. Et il voulait écrire. Lui aussi. Écrire des vœux. Pour rendre des gens heureux. Il attrapa un cache-col, enfila des bottes de caoutchouc et sortit, de la boue autour de la maison, terre de remblai mal stabilisée, puis la vraie terre des champs et des bosquets, en amont. Il irait au haut de la falaise et prendrait une décision. Le sujet serait célibataire. Le sujet serait la Vallée ? Lucette ? Le sujet serait drôle : tous les paumés qu'il avait connus. Non : on ne cherche pas un sujet, il s'impose et propose. On ne décide pas d'écrire, tout s'écrit. Cela, il l'avait lu. Il le savait. « Du savoir su » aurait répété Sam. Et les répétitions seraient importantes. Ce que les maîtresses d'école, du temps de sa jeunesse, appelaient les « redondances ». Tout se ferait écho, de tous les bords de sa vie, et le sujet ne serait pas résumable.

Et là, pas à pas, le sentier dit du Curé, au-dessus du hameau de la Jantraque, il le vivait. Sur son bureau, il y avait quelques pages de « fiction » écrites alors que Sam lisait ses ouvrages, au coin du feu. Il avait cru à un début de roman. Les jours passaient. Il peinait. Peine amoureuse. Sam allait repartir. Quelques pauvres pages que Sam avait fait semblant d'aimer en disant « c'est plein de promesses, mais si, ça m'intéresse. Continue parce que je me demande vraiment où tu vas ». C'était donc cela, écrire : trébucher.

Jean Hanssen, plusieurs fois, avait été tenté de lire à Sam la lettre écrite dans l'avion, mais il avait préféré la garder pour lui. La peur du nu, sans doute. La frayeur de l'aveu, également. Il n'était pas sûr de Sam. Et l'amoureux qui veut être sûr est un être perdu. Il le savait. L'exercice du pouvoir l'avait distrait de cette évidence. Or, désormais, la distraction n'était plus possible. Et Jean Hanssen s'était contenté de vérifier si la lettre était toujours dans la poche arrière de son pantalon. « Tu cherches un mouchoir ? » demandait Sam en souriant. « Non. Je caresse mon testament. » « Ne parle pas comme ça ! » « Je parle ainsi, Sam, c'est ce que j'écris de mieux. »

Au haut de la falaise, Jean Hanssen s'approcha du

vide. Il n'avait plus peur du vide. Le sujet, c'était la quête. Et Sam et lui, comme deux clowns qui ne se serrent jamais la main pour faire rire des enfants, dix, vingt fois, mains tendues, fondant l'un sur l'autre. Et se ratant. Raté. Il est tombé. Les enfants ne riaient plus. La famille applaudissait.

VI

RAOUL

MADAME DOUME, présidente du C.L.B., Club des lectrices de Biarritz, demanda le silence et ces dames, parfois accompagnées de quelques veufs, firent toute une gamme de « chuttt » très mélodieuse. Cela calma l'assistance apparemment avide d'écouter le maître de parole du soir et profondément inquiète d'avoir vu arriver des jeunes gens et des jeunes filles, isolés, ou par groupes, jamais plus de trois. Ils avaient occupé les chaises des premiers rangs, traditionnellement laissées vides, manière de garder les distances avec le héros de la soirée, cycle d'abonnements, premier et troisième vendredis de chaque mois, « à ce rythme, bien sûr, il y a le meilleur et le pire. Si c'est le pire nous commençons nos nuits. C'est tout un art que de dormir debout les yeux ouverts. Mais vous, monsieur Karpak, vous allez nous passionner. C'est sûr » avait dit madame Doume en montant sur l'estrade, souriante, Reine d'un soir. D'autres jeunes arrivaient, dérangeaient les honorables dames seules ou couples de dernière valse et investissaient les quelques chaises restées vides, sans doute places habituelles des morts de l'année écoulée. La salle était comble. De nouveau la mélodie des « chuttt ».

Vendredi 19 février. Vingt heures trente. Salle Bleue. Hôtel de la Paix. Tout pouvait commencer. Madame Doume, debout, derrière la table, brusquement s'agita « ce n'est pas la peine de présenter notre invité de ce soir, l'écrivain Karpak. Vous le connaissez toutes (rires dans l'audience), mais oui, c'est un club de lectrices, nous vous tolérons messieurs. Voici donc notre ami Karpak dont les notices biographiques livrent parfois la première lettre de son prénom : R. C'est tout. Une question de détail me direz-vous mais nous sommes plusieurs, au Club, à nous la poser. Richard ? Romain ? Rodrigue ? Roméo ? Monsieur Karpak, dites-nous votre prénom et pourquoi vous le cachez. (Silence dans l'auditoire.) Auteur estimé de *L'Officier, La Rançon de la gloire, Les Remparts de l'Occident, Marianne ou le Choix des signes, Le Vertige du prochain adieu* et surtout de *La Capte,* grand prix du Roman 1980, c'est une joie que d'accueillir aussi, ici, ce soir, vos lecteurs, des jeunes. Oui, des jeunes ! Mais des lecteurs, monsieur Karpak, vous en avez également des... (rires dans la salle) des qui n'ont plus besoin d'être jeunes pour être jeunes (applaudissements). Le thème est, je vous le rappelle, " L'amitié, un mythe, une réalité ", un sujet que notre invité connaît bien, pourfendeur de l'amour et preux de l'amitié. A vous, cher ami. Et nous l'applaudissons, toutes ! »

Karpak grimpe sur l'estrade, salue, s'assoit. Les coudes sur la table, les mains sous le menton, il observe la salle, étroite, avec son allée principale, en face de lui, vide comme une tranchée. Au fond de la salle, sur tout le mur, un immense miroir et, jeu d'images, le public, de dos, une autre estrade, et en face de lui, faisant les mêmes gestes que lui, quelqu'un comme lui qui allait parler, parler. Silence. L'auditoire attend. Karpak respire profondément, comme quelqu'un qui a le trac. Une revanche de l'acteur : il a de nouveau des spectateurs.

« D'abord, merci. Je voudrais d'abord vous dire comment je vous vois. Vous êtes là, assis, un peu serrés. Nombreux. Attentifs. Et moi, inquiet de perdre un seul de vos regards. Je vous en prie. Retournez-vous. Et voyez ce que je vois. Un autre auditoire. Un autre conférencier. Et... »

Tout le monde se retourne. Certains se lèvent pour bien voir. Bourdonnement de la salle. Sourires esquissés. Rires contenus. Karpak se dit « c'est gagné ».

« Donc, l'autre conférencier... », et il se pointe du doigt, « ... là, va devoir, comme moi, parler. Non pas pour répéter, redire, mais pour produire, échanger. Si cela est possible encore. Je vous préviens, avec moi, la visite ne sera pas guidée. L'autre, en face, a peut-être pour profession de parler en public. Moi pas. Il n'écrit pas. Il ne parle que de ce que les autres écrivent. Il connaît la visite par cœur. Moi, j'écris. Je dis moi et je dis je, je dis "moi je" parce que j'ai peur, face à vous, de n'avoir rien d'autre à dire que ce que j'écris. Je suis égaré. Je vais vous égarer. Voici donc. C'est la première fois. Attention, je vais plonger. Et je ne sais pas plonger la tête la première. Je vais peut-être vous éclabousser. » L'auditoire rit. Karpak se dit que « tout est perdu ». Il est ridicule. Pourquoi avoir accepté de venir à Biarritz ? A Biarritz ! Aussi, afin de pouvoir parler comme il écrirait s'il était en train d'écrire, il lève les yeux, regarde le plafond et le lustre. Soliloque.

« L'amitié. Un mythe ? Une réalité ? L'amitié est indicible. Pas de cible pour son dire. Pas de su pour son vécu. Si je vous parle de l'amitié, ce sera autrement. L'amour est un pensum. L'amitié, elle, n'est pas un devoir de vacances, le pire de tous, souvenir d'enfance. L'amitié est un souvenir d'enfance, ce sont les enfants, en nous, qui sont amis, quand on est amis, pas les grands que nous sommes devenus, entre-temps, formés, donc déformés, plus du tout ou si peu perfectibles. L'amitié ne compose pas des phrases habituelles. Elle a une autre ponctuation. Elle est une synthèse en soi et ne supporte ni thèse, ni antithèse. L'amitié n'est pas un sujet. Un sujet de devoir. Un sujet de devoir de vacances. " On " ne compose pas avec elle. Le " on " de ceux qui font du fignolé avec ce qu'ils n'ont pas vécu, du léché avec du vide, du marbre avec de la poussière du temps qu'ils n'ont employé qu'à essayer de vivre des amours dictés par toutes sortes de littératures. L'amitié n'a jamais été enfermée dans un discours car elle est un discours qui va se produire. L'amitié est le comble de la vacance. Ce sera autrement si je parle d'elle. L'amitié dit je. On ne joue pas avec elle. »

L'autre conférencier s'est arrêté au même instant que lui. Tous deux réfléchissent. Les auditoires attendent. Karpak se dit « ils sont amoureux, moi pas. Ils veulent du magistral. Ils ne l'auront pas ». Il poursuit d'une voix plus claire et assurée.

« L'amitié ne supporte pas le dit : elle ne peut pas s'aligner sur ce que les autres disent d'elle. L'amour c'est ce que l'on croit recueillir. L'amitié c'est ce que l'on voit continuellement s'échapper. L'amoureux est sûr : il tombe, il tombe en amour *again*. L'ami, lui, doute. S'il lui prend d'affirmer qu'il a un ami c'est qu'il vient de le perdre. On " est " amie ou ami de quelqu'un et (surtout pas mais, le " mais " est chagrin depuis le 10 mai) nulle ou nul ne peut jamais l'affirmer. On devient amis comme on devient amants. On ne parle jamais de la sexualité de l'amitié. On dit " faire l'amour " et on ne dit pas " faire l'amitié ". Ou bien " faites-moi l'amitié de... " ou " faites mes amitiés à... ", petitement, comme si on avait peur. L'amitié c'est ce que l'on ne sait toujours pas quand on croit tout savoir de quelqu'un. En cela, elle échappe. Elle est le secret de l'individu. »

Silence. Karpak baisse les yeux et se heurte à des regards effarés, séduits, comment savoir ? Il décide d'attaquer.

« Et si l'amitié n'était que de l'amour bien exprimé ? L'amoureux bafouille. Le coup de foudre est suivi d'un coup bas. L'amour exclut. Pas l'amitié. L'amour dévore, ronge, grignote, donne l'impression de satisfaire, envahit, isole, cogne, dépèce. L'amitié, c'est ce qui survient quand on a compris que l'amour n'existait pas. L'amitié nourrit, porte, fâche. C'est un repas. Une nappe. Une table mise. De la nourriture pour l'autre. De quoi boire. De quoi parler. On peut rompre en amour. Il n'y a pas de rupture en amitié. L'amitié n'est qu'une continuelle rupture. Elle garde toutes les distances. Ce qui différencie l'amitié de l'amour, c'est le projet. Le projet amoureux est irréel. Le projet amical est quotidien, continu, même si on ne se voit pas : on se voit, on est là. Pas besoin d'attendre. L'amoureux attend. C'est sa maladie. »

Karpak voudrait arrêter. Il doit parler d'amitié et il ne parle que d'amour. Ces amours dont il ne peut que rêver, alibi de Laure et de tant d'autres femmes, amours cachés, de passage, même Mathias Veretti, dont il fit une gentille petite ouvrière, biscuitière, dans *La Capte*. Le roman ne devait-il pas s'intituler *La Biscuitière de Sargues* ? L'éditeur avait demandé un titre plus court et général. Et pourquoi penser à Mathias, ici, maintenant ? Faut-il leur dire que Suzanne, l'héroïne de *La Capte,* n'est qu'un homme, l'homme d'un soir, sur un canapé-lit, et que la montre offerte à Suzanne par le héros, à la fin du roman, n'est qu'une montre oubliée et un billet de cinquante francs perdu ? Et tout ce que Karpak dit de l'amitié, Jean Hanssen, en ami de toujours, affirmerait systématiquement le contraire. Sans avoir tort. Alors ? Fraction de seconde. Karpak entend le bruit de la mer. Marée haute. Il se ressaisit.

« L'amitié ne s'explique pas. Elle ne supporte pas l'analyse. Elle conte. Elle se raconte. Elle ne se nomme pas. Rien ne la désigne. Avec elle, c'est toujours le coup de foudre et la jouissance n'intervient pas comme une sanction. L'amour ne serait que de l'amitié dévoyée, civilisée, morale. L'amitié est animale. Elle n'a honte de rien. Elle prend tout mais elle n'investit pas. Elle respecte le territoire de chacun. L'amitié est dure dans tous les sens du mot : dure, rude, drue. »

Jean Hanssen dirait « le projet amical est irréel. Le projet amoureux est quotidien » ou bien « l'amitié ne serait que de l'amour dévoyé, civilisé, moral ». Vertige. Et le jeu de mots : dure, rude, drue. Inévitable malice de l'aveu. Karpak pose les mains à plat sur la table, comme pour reprendre un équilibre ou calmer une possible fièvre, le froid du métal. Et toujours celui-là, en face, jeu d'enfant, obsédant : il fait ce qu'il fait, il dit ce qu'il dit. C'est à qui des deux se fâchera le premier. Karpak se dit « tu n'as pas vécu ta vie. A côté, toujours à côté ». Il poursuit.

« L'amitié est purement sensuelle. Elle ne choisit pas son sexe. Elle est la même pour tout le monde. Elle est tribale, d'une tribu qui n'a ni chef ni totem. Aucune morale, judéo-chrétienne ou freudienne, ne l'a récupérée. L'amour n'est que l'institution du péché originel. L'amitié est l'expression du secret individuel. J'adore rompre en amitié. Parce que la rupture amicale est une adoration. La rupture amoureuse, elle, est une blessure qui ne se referme pas. L'artiste ou l'humain y trouvent leur grain. Spectaculaire. Incident. La rupture amicale s'inscrit, dans une continuité. On devient amis ou amies à la vie et à la vie. Laissons la mort, la mort telle qu'on nous la fait vivre dans les églises ou sur les divans, mêmes chapelles, à la fin des histoires d'amour. Il n'y a pas d'amitié spécifiée sexuellement parce qu'il n'y a pas de milieux sexuels. Les " dits " normaux comme les " dits " anormaux sont partout. Indifférenciés. Il n'y a que certaines questions (racistes ?) pour imposer les principes, faux, d'une différence. Et des réponses (racistes ?) qui emploient les mêmes mots d'un jeu absurde. Et évitable. »

Karpak rougit. Il vient de se dévoiler. Fracas des vagues de l'autre côté du boulevard de front de mer. De la gare à l'hôtel, il n'a pas eu le temps de voir la ville. Madame Doume, dans le taxi, n a pas cessé de parler de « la Suzanne de *La Capte,* c'est fou ce que vous parlez bien des femmes. Mieux qu'une femme. Comme je vous envie de pouvoir vous mettre dans la peau des autres ». Karpak l'avait regardée, horrifié. Elle venait de dire « se mettre » et « dans la peau ». Sursaut : l'auditoire est là, cramponné. Une vieille dame seule se lève et sort en lançant à Karpak « vous me donnez envie de partir en rampant ! » Porte refermée.

« Une trahison amicale ne se pardonne pas. L'amitié n'est pas du territoire des pardons. Elle n'est pas connue. Elle n'est pas dite. Elle n'est pas distribuée aux autres. Elle n'est pas désignée, annoncée. Ou alors, elle n'est plus. L'amitié, ce n'est pas forcément l'aveu. Le " forcément " est amoureux. L'amour dépouille. L'amitié vêt. L'amitié n'aime pas la syntaxe. Elle est la syncope de l'amour. Elle prolifère sans jamais être sue, avouée. »

A la demande de la revue mensuelle *Cassure,* Karpak avait écrit un texte sur l'amitié. Le rédacteur en chef lui avait dit au téléphone « vous écrivez ce que vous voulez. Il faut que ce soit de vous. C'est le principe de notre revue ». N'ayant pas de nouvelles de ce texte, ne serait-ce qu'un accusé de réception, Karpak avait écrit, inquiet, curieux. La lettre de réponse était arrivée la veille. « *Cassure* à R. Karpak. 7, rue Odilon-Gaudibert, 75013 Paris. Le 16 février. Monsieur, je vous prie de pardonner mon retard à vous répondre. L'agitation parisienne et ma fatigue n'expliquent pas tout. Je vous répondrai très franchement : votre texte ne nous convient pas. Nous ne publions dans *Cassure* que du reportage, du texte d'analyse ou du témoignage ; pas de texte libre, comme vous avez bien voulu le faire pour nous. Je ne me permettrai pas le moindre jugement au fond. Ce serait ridicule de ma part. Recevez, Monsieur, mes remerciements, mes regrets et mon estime. Lucien Pareilles. » Karpak sourit, « pas de texte libre », l'homme avait écrit « pas de texte libre ». Quelqu'un toussa dans la salle. Trop long silence. Karpak reprit la parole. La parole de son texte refusé.

« Oui, l'amitié est indicible. Le moraliste distingué ou l'avant-gardiste en col roulé, bref tous les spécialistes du “ savoir su ” peuvent sourire et lancer “ moi, je n'ai pas d'amis ”. Avec fierté. Aplomb. Tant pis pour eux. Qu'ils aient froid. Ils décident tout. L'amitié, elle, ne se décide pas. Comme l'écriture. Ou la parole. C'est elle qui vous décide et vous tient. Indicible et indécelable. Seul attachement véritable. Jamais sue. Et jamais morale. »

Karpak boit une gorgée d'eau, allume une cigarette, respire profondément. Ebahissement des spectateurs, frayeur de madame Doume. Brusquement, Karpak voit les signaux « Sortie de secours » au-dessus des portes latérales. Et l'autre, en face, a bu, comme lui, et fume, comme lui. Karpak change de ton.

« Voici. Voici l'essentiel de ce que j'avais à vous dire. Si ce n'est pas ce que vous attendiez, tant mieux. L'attendu n'est pas essentiel. Si ce n'est pas clair, voici une histoire, elle résumera tout. Il y a quelques années de cela, j'étais en vacances, à la montagne. Il y avait beaucoup de neige. Et il faisait soleil. Les journées de ski étaient longues et exaltantes. J'accompagnais, sur les pistes, deux amis. Bernard, qui était étudiant en médecine et qui est devenu psychiatre. Et Jean, un ami d'adolescence, qui a fait une carrière de haut fonctionnaire à la Culture. Des amis. Ou plutôt, j'étais le troisième, celui qui jalousait leur amitié. Un jour, en fin d'après- midi, dernière descente, nous allions regagner la station, le soleil passait derrière les montagnes de l'ouest, la zone d'ombre remontait du fond de la vallée, Bernard nous avait devancés, il était le plus jeune, il skiait comme un fou ; au moment où j'allais m'élancer, Jean m'a dit “ arrête-toi avant l'ombre !” Voilà. Voilà le résumé. L'écriture, comme l'amitié, ne s'explique pas. Je me suis dit “ quel beau titre pour un roman ”. Je vous dis aujourd'hui que l'ami est celui qui vous demande de vous arrêter avant l'ombre. Maintenant, je suis prêt à répondre à toutes vos questions. »

Madame Doume soupira de bonheur. Une jeune fille leva le doigt. Karpak lui donna la parole. Elle dit « à mes yeux, l'amitié est la valeur. La valeur unique. Mais les amis restent peu nombreux. Avez-vous remarqué, comme moi, au gré des faits de la vie, que lorsqu'on gagne un nouvel ami, bien souvent et très vite, on en perd un autre, pour diverses raisons ? » « Lesquelles, selon vous ? » demanda Karpak. « C'est à vous de répondre » dit-elle. « Je ne vois pas de raisons à l'amitié, mademoiselle. C'est ce que j'ai essayé de dire ce soir. » « Et à l'amour ? » « Encore moins. » Il y eut des rires dans la salle. Tout devint très plaisant, alerte et sans plus aucune gravité. Les questions fusèrent. Plus rien d'incident ne fut dit.

Après la conférence, le portier de l'hôtel remit un télégramme à madame Doume qui le porta à Karpak, « je sais maintenant que vous vous appelez Raoul. C'était le prénom de mon mari. Vous avez tort de ne pas l'aimer ». Et alors que toutes et tous se pressaient pour faire dédicacer leurs exemplaires de *La Capte* ou d'un autre de ses romans, Karpak lut le message adressé par son éditeur : « Suicide de votre ami Hanssen. Falaise. Crantac. Famille me charge vous prévenir enterrement lundi, 9 heures, stricte intimité. Même lieu. Amitié. Jean-Baptiste. » « Est-ce grave ? » demanda madame Doume. « Non. Ce n'est rien. Seulement un de mes amis qui a fini par tomber. » Et nul n'osa demander des précisions. Karpak fit les dédicaces. Comme si de rien. Comme toujours.

VII

GRETA

KATHERINE n'a pas pris l'Orient-Express. Vendredi 18 février. Vingt- trois heures. Troisième piqûre de palfium. Elle murmure à Pierre « et ils croyaient que vous ne reviendriez pas, n'est-ce pas ? » Toujours le « r » de son accent « crrroyaient... rrreviendrriez ». Katherine, à la vue de la seringue, a encore du mal à respirer. Pierre lui demande à voix douce, pour ne pas répondre à la première question, « pourquoi avez-vous peur d'étouffer ? » « Oh, c'est une vieille histoire, comme moi » souffle Katherine, « j'étais en voyage. A Amsterdam. Il y a si longtemps. J'étais descendue dans un hôtel chic, un petit hôtel chic, comme une maison particulière. J'avais une chambre au quatrième étage. Le dernier. Une chambre un peu comme chez moi, un peu comme ici. Et pendant la nuit, j'ai été réveillée par des cris. Je me suis levée. J'ai ouvert la fenêtre et j'ai vu des flammes, un rideau de flammes devant moi. J'ai vite refermé. Et je suis allée sur le palier. Il y avait un monsieur, de la chambre voisine, affolé, comme moi. Et beaucoup de fumée dans l'escalier. Alors, je l'ai entraîné dans ma chambre. Le portier nous avait oubliés. Vous comprenez, on nous avait oubliés. Alors, j'ai dit au monsieur qu'il ne nous restait plus qu'à faire une prière. Il était anglais. Je lui ai demandé en quelle langue il voulait que je fasse la prière. Il m'a répondu “ as you like it” . Alors, j'ai fait une prière, en russe. Après, je ne sais plus ce qui s'est passé. J'ai repris connaissance, allongée, dans la rue. On m'avait enveloppée dans mon manteau de fourrure. Je répétais “ le monsieur anglais ! le monsieur anglais !” mais personne ne comprenait. Ils m'ont emmenée à l'hôpital. Une très jolie infirmière me faisait les piqûres. Toute blonde, avec de belles joues. Elle me trouvait très belle et cela m'agaçait, parce que je la trouvais encore plus belle que moi. Puis mon mari est arrivé, de Paris. Il a été très doux avec moi. Et très gentil avec l'infirmière. Une semaine plus tard, je suis rentrée à Paris. J'ai retrouvé mes enfants, mon mari. La vie a repris. Je me disais que je ne ferais plus jamais aucun voyage, même pas pour mes amis de la danse. Trois mois plus tard, mon mari a demandé le divorce. Il a épousé l'infirmière. Greta. Greta est venue cet après-midi. Elle a encore tous ses cheveux. Elle se poudre un peu les joues, c'est tout. Voilà. Voilà pourquoi j'ai peur d'étouffer. Voilà pourquoi je dure, aussi, un peu plus longtemps. Souriez, Pierre, c'est une histoire drôle. Greta est toujours un petit peu plus belle que moi. Mais mon mari n'est plus là pour nous comparer. Et j'ai les enfants que Greta n'a pas eus. Mon fils m'a écrit de Madrid. Il est vice-président. Pouvez-vous téléphoner à ma fille, demain, et lui dire que j'ai une carie à une dent ? Je ne peux pas la garder. Je veux qu'on m'emmène chez le dentiste. Je vous le dis parce que j'ai peur d'oublier, plus tard. » Elle tend le bras pour la piqûre. Pierre fait son travail.

Dans le fauteuil, face au lit, Pierre somnole. Il pense à toutes ses gardes de nuit, à toutes celles et à tous ceux qu'il a connus, ainsi, sur la dernière pente, l'isolement de chacun, la solitude de tous, et cet humour, parfois, à raconter des histoires de vies toutes plus ou moins les mêmes. Et lui, gaillard, jeune, ne rêvant que de Lilly ou de la piscine, à midi, quand il nage, au fond de l'eau, tout au fond, pour se dépenser, faire des longueurs et des longueurs, regagner la surface et replonger, jusqu'à n'en plus sentir son corps. De l'eau. Être dans l'eau. Et reprendre le travail, recommencer, les piqûres au cabinet de soins, les visites à domicile et les gardes de nuit. Pierre, ce soir, n'a pas envie de lire. Il regarde Katherine, endormie, dans son petit décor, un turban sur la tête, coquetterie tragique. Comment en est-il arrivé là, dans ce fauteuil ? Il a apporté un livre sur la Turquie, pour préparer le voyage, s'il peut se faire, si ça marche encore avec Lilly, mais il n'a pas envie de l'ouvrir, de voir en images ce qu'il verra peut-être, pour de vrai, ensuite, avec elle. Et la surprise ? De lui, Pierre n'a que des souvenirs d'enfant brandi par Simon, puis pincé à la joue ou boxé gentiment par son père quand celui-ci ne fut plus capable de le soulever de terre. Et des souvenirs de couple, de couple frère- sœur, celui-là même qu'il formait avec Laure, jusqu'au jour où il avait eu peur d'être vu nu par sa mère. Souvenirs sommaires. Pierre essaie de dessiner dans sa tête, comme un pèlerin, les trajets et itinéraires de sa vie, du jardin d'enfants de la rue de l'Annonciation au collège de Passy et à la première année en fac de médecine, les vacances à Fréjus ou dans le Poitou, les vacances de neige, quelques voyages à l'étranger, les dîners, quai de New-York, parfois, il servait de serveur, et cela amusait tout le monde, cette manière que Karpak avait toujours, alors, de prendre haut la parole, « nous ne devrions plus l'inviter, Simon », « mais c'est ton idée, Laure », et Hanssen pour lequel Laure invitait telle ou telle amie, pour que la table soit harmonieuse, Karpak, lui, avait toujours une journaliste avec lui, Léa, du genre gitane et châle, fumant brune sur brune, « où est-il allé la chercher ? Elle me donne toujours l'impression de venir chez nous en reportage ». « Tu as des choses à te reprocher, Simon ? » « Non, Laure. » « Alors, tu devrais commencer à te comporter en salaud comme les autres. » Simon avait attrapé Laure par la taille, et l'avait embrassée sur la bouche, devant Pierre, bouche bée.

Katherine bouge la tête, de droite à gauche, de gauche à droite, un rêve, sans doute, la traverse, mystère de ce qui n'est plus dit. Pierre se lève, lui caresse le front, retourne délicatement l'oreiller en la soulevant, et la borde. Il voudrait faire un paquet de tout cela, de toutes celles-là et de tous ceux qui partent ou qui devraient partir, tous, ensemble, en vrac, un grand nettoyage affectueux de l'humanité, comme si ceux d'avant lui avaient cassé, usé, piétiné le joujou et n'avaient pas su vivre la vie telle qu'il veut, lui, la vivre. Mais quelle autre vie ?

Pierre a repris place dans le fauteuil. Et dans le lot, il met tout le monde ! Tous ceux, nés, avant lui ! Il ne faut pas qu'il dorme. Il est payé pour ne pas dormir. Et surtout pas de tri ! Pas de sentiments ! Tous ceux d'avant ! Lilly et lui feront des enfants ! Voilà ce qui le tient en éveil. Exclamations. Celui qui se penche est souvent celui qui étrangle. Pierre se lève. Il écarte les rideaux. Le bois de Boulogne, la nuit, et au loin, les tours de la Défense. Autre garde, il y a trois semaines, Fanfan, une belle rousse de trente ans qui donnait dans les rendez-vous à domicile. Elle avait peur des nuits. Elle prenait trop de calmants. Elle disait à Pierre « ils veulent tous me faire jouir. Alors, je leur réponds : vous êtes là pour votre plaisir, pas pour le mien ». Fanfan, dans son petit studio-interphone du quartier des Gobelins. Pas vraiment malade. Elle voulait parler, c'est tout. Elle voulait qu'on la garde. Qu'on l'empêche. Six nuits de suite. Et elle avait demandé à Pierre un dimanche entier. Lilly était retenue à Angers pour un repas de famille. Pierre avait accepté. « Je veux sortir. Où m'emmenez- vous ? » « Avez-vous de la famille à Paris ? » « Oui. Une grand- mère. Mais elle ne sait rien. Rien de ma vie. Vous comprenez ? » Ils s'étaient retrouvés dans une tour de la Défense, onzième étage. La vieille, quatre-vingt-quatre ans, avait été relogée, là. Fanfan avait présenté Pierre « c'est mon fiancé ». La vieille avait demandé « et vous vous êtes rencontrés où ? » comme ça, tout de suite. Pierre avait répondu « dans un dancing ». Fanfan avait souri. C'était la première fois que Pierre la voyait sourire. La vieille était ravie. Quand ils étaient repartis, sur l'esplanade déserte, une immense fontaine lumineuse, jeux d'eau, jets, faisceaux multicolores se levaient, tombaient, se relevaient, de dix, vingt manières différentes au son de la *Neuvième Symphonie* de Beethoven. Un bel écho. Fanfan avait dit « quelle belle sono, pour personne ». Et il n'y avait personne qu'eux, deux, pour ce spectacle de fin de dimanche. La nuit trébuchait. De nouveau Fanfan allait très mal. Le sourire du « dancing » était effacé. Elle ne voulait plus rentrer dans sa « cabine de la rue des Gobelins ». « Dites-moi, au moins, que vous êtes heureux avec moi, Pierre. » Il lui avait répondu « je suis là pour votre plaisir, pas pour le mien ». Il l'avait raccompagnée jusqu'à un hôtel du Front de Seine, non loin du quai de New-York, de l'autre côté. Le Flat Hotel. Elle l'avait payé. « Je vous appellerai et je vous donnerai mon nouveau numéro de téléphone. » Pierre ne l'avait jamais revue. Et la grand-mère de Fanfan était là, de l'autre côté du Bois, dans une de ces tours. D'où venait ce mot de « dancing » qu'il avait lancé comme une preuve ?

Katherine l'appelle. Il referme les rideaux. Il regarde sa montre. C'est l'heure de la quatrième piqûre de la nuit. Katherine lui dit, mais le voit-elle encore, « je ne suis pas sûre... », respiration, « je ne suis pas sûre qu'elle soit venue », souffle court, Pierre se penche « c'était Greta, je l'ai vue, mais... ce n'était peut-être que dans ma tête. Greta est morrrte depuis longtemps. Je crois. Elle est morte, n'est-ce pas ? » Pierre fait signe que oui. Elle lui prend la main, comme pour l'empêcher de faire la piqûre « vous préviendrez ma fille, pour la carie ? » « Oui Katherine. » « Et Lilly, elle arrive demain ? » « Oui. Demain après-midi. » « Alors, demain soir restez avec elle, je me débrouillerai. » « Non Katherine. » « C'est un ordre, Pierre. » Piqûre. Elle sombre.

Dans la chambre, un instant, Pierre a cru que Greta était là. Il a même ouvert la porte. Personne dans le couloir. Et pourtant, Pierre a entendu un pas. Souvent, en cachette de Laure et de Simon, passant devant la porte de leur chambre sur la pointe des pieds, il allait voir s'il n'y avait pas quelqu'un sur le palier. Il attendait un frère ou une sœur. Laure, une fois, l'avait surpris « mais qu'est-ce que tu fais, debout, à cette heure-ci ? » Pierre n'avait pas répondu. Calmement, il avait refermé la porte sur le palier désert et il était allé se recoucher, dans son lit, avec pour seule compagnie le tic-tac du Jaz Bambi. Tout de suite après, ç'avait été le temps des mouchoirs.

VIII

LILLY

« ANGERS le 16 février. Cher Pierre. Mon Pierrot lunaire. Mon beau dormeur. Mon petit baigneur. Je ne viendrai pas ce week-end, celui d'après non plus, également celui d'après-après et ainsi de suite : je ne viendrai plus. J'étais à la piscine, cet après-midi, avec les élèves de quatrième. L'un d'entre eux a voulu, par bravade, nager sous l'eau, plus longtemps que les autres. Je lui avais interdit de le faire, aux séances précédentes. Aujourd'hui, il a plongé et nagé, au fond. Les premières brasses j'ai failli entrer dans son jeu. J'étais presque fière de lui. Après tout, je suis son prof de gym. Puis, brusquement, j'ai eu peur. La surface de l'eau était agitée par les enfants du petit bain, et je ne voyais plus très bien mon nageur, je ne le voyais plus bouger, avancer. Alors, j'ai plongé. Et je l'ai sorti de justesse. Je lui ai fait du bouche-à-bouche (entre parenthèses, une bonne démonstration pour les autres) mais ma bouche sur sa bouche, sur sa petite bouche de gosse de douze ans, j'ai pensé à toi. Tu comprends ? Non, tu ne comprends pas. J'ai pensé à toi non pour de multiples raisons, mais pour de multiples impressions : tu es resté petit, tu nages au fond, tu veux nager au fond plus longtemps que les autres, tu veux être plus fort, tu veux refaire le monde, mais je ne serai pas là pour te ramener à la surface. Je ne te quitte pas, mon petit Pierre, je m'écarte.

« La lettre sera longue. Mais cette dernière étreinte, je ne vois pas pourquoi je-nous (tes genoux sont doux) la refuserais. Oui, Pierrot, mon petit porte-drapeau, mon petit porte-drame, beaucoup plus drame que drapeau, et j'ai le droit d'écrire comme j'écris, et j'avais le droit de te parler comme je te parlais, comment as-tu pu parfois oser me corriger, et de quel droit, c'est ainsi que je dis, oui, cette fois, c'est moi qui décide. J'ai quelques années de plus et quelques aventures d'avance, sur toi. Avec les autres, je faisais des projets, pis, des hypothèses : et si, et si ? et si... Je me figurais pour la vie avec le compagnon en cours. J'ai toute une cinémathèque dans la tête. Les petits films sont répertoriés, classés, numérotés, notés même car parfois j'aime, en mémoire, me projeter les plus beaux, témoins des meilleurs instants, avant que l'autre ne commence à comprendre que je faisais des projets d'avenir. Très vite, je me retrouvais quittée. Sans avis de séparation. Pas même un petit mot. Ou bien un simple coup de téléphone. Vous n'êtes guère, vous, les fortiches de la bandoulière, des courageux. Vous quittez sans laisser de traces. Cela vous répugne. C'est un petit peu plus facile aussi. Moi, j'écris, je t'écris, et j'enverrai la lettre avec de beaux timbres, nombreux, et en distribution spéciale pour que tu la reçoives à temps.

« Première impression de toi : tu n'as jamais voulu savoir si j'avais connu d'autres Pierre, avant toi. Seconde impression de toi : tu faisais des projets, et moi je n'en faisais plus. Je suis devenue le mec de notre histoire. Dimanche dernier, alors que tu venais de me prendre et de jouir alors que je jouissais, un exploit, simultanéité, honneur à nous, tu t'es endormi. Les premières minutes furent comme les premières brasses de mon plongeur de ce jour : j'étais fière de toi. Mais très vite, n'osant bouger, sous toi, je me suis mise à écouter le bruit de la rue de Charonne, le bruit du dimanche à Paris, et je t'ai senti lourd, si lourd, comme si tu avais voulu m'écraser, t'encastrer. J'ai eu peur. Peur de t'avoir toujours contre moi, comme ça, et pas toi tout seul, toi, ton père, ta mère. Vous pesez lourd tous les trois. Car tu ne leur as pas encore dit bonsoir. Ils sont tout le temps là, avec toi. Ils ne disent rien. Les premiers temps, je ne les avais pas remarqués, mais à bien vivre tes gestes, à écouter tes silences, à observer cette manière de créer un ordre, en toi, chez toi, j'ai senti petit à petit leur présence, la pire de toutes : une absence pour laquelle vous ne voulez vous donner aucune excuse. Je rencontre Pierre. Nous nous plaisons. Pas de chance. Il est trois. Alors je ne fais plus de projets. Et voilà que lui se met à en faire. Chaque fois que nous allions au théâtre, tu passais la soirée avec ta mère. Une fois, à l'entracte, tu as disparu. Tu es allé la voir en coulisses. Au retour, tu étais pâle. Laquelle des trois comédiennes en scène, ce soir-là, était ta star ? La plus belle ? Oui, la plus belle ? Mais comme elle avait l'air gênée de jouer la seconde partie du spectacle ! Je t'ai pris la main. Tu avais la main froide. J'ai posé ma tête sur ton épaule. Je te sentais raidi, gêné, honteux. Après le spectacle, je t'ai dit de la rejoindre. Tu m'as répondu que tu t'étais arrêté dans le couloir des loges, derrière sa porte, parce qu'elle fredonnait une « romance sans paroles » . Tu as dit « romance sans paroles » ? mais alors, qui vous interdit ? Et ton père ? Ces derniers mois, chaque fois que tu ouvrais un journal, j'avais l'impression que tu cherchais son nom. Tu ne le lisais que pour lui. L'annonce possible d'une nomination. Voilà, vous étiez trois, trois sur moi, en un seul fils. Un peu beaucoup pour une seule personne. Si tu pouvais voir ta bouche, quand tu dors : tu boudes. Ils ne t'ont pas vraiment aimé comme tu le souhaitais, alors tu les trimbales avec toi. Et ce goût que tu as des gardes de nuit te vient de ce fardeau dont tu voudrais te délivrer en délivrant les autres. J'aimais ton humour, au début. Il était cinglant. Il me faisait de l'effet. Tu démolissais tout. Mais très vite je t'ai vu, à chaque fois, jetant des pelletées de terre noire dans tes trous. Ton humour est fossoyeur. Et tes demandes non conformistes n'aboutissent qu'à des meurtres. Je ne t'ai jamais entendu te réjouir d'un repas, d'un paysage, d'une musique ou d'un film. Tu dis que tout est truqué. Ou pis, tu ne dis rien. Tu mets les mains dans les poches de ton pantalon, tu hausses les épaules et il faut alors te prendre le bras, presser le pas, l'accorder au tien et ne surtout pas piper mot, menace de colère. Combien de fois sommes-nous rentrés chez toi, dans “ ton studio ”, transis, ainsi ? Alors, tu éclatais de rire en me déshabillant. Tu me frottais le dos et me jetais sur le lit comme pour me manger. De nouveau tu jouais. Mais je n'ai pas aimé certaines de tes morsures. Tu marquais la bête. A Angers, une amie m'a dit “ mais c'est un tigre ”. Un tigre, toi ? Et je n'aimais pas que tu m'appelles ta “ dangereuse ”. Un mauvais jeu de mots.

« Si nous nous revoyons, j'éclaterai de rire, je sauterai dans tes bras (rattrape-moi s'il te plaît, et même, surtout, s'il ne te plaît pas), dis-moi “ ça va ?” je répondrai “ ça va !” et nous reprendrons nos chemins, chacun de notre côté. J'ai un bon goût de toi, dans la bouche, un goût qui ne me quitte pas, un goût de premier baiser, comme si je t'avais violé. Je garde le blouson rouge, parce qu'il me plaît, et l'écharpe tricolore parce qu'elle fait trois fois le tour de mon cou et qu'elle me tient la tête quand je pleure : il fait toujours froid sur les quais de gare, et parfois des petites larmes coulent sur les joues qui ne sont ni commandées ni plaisantes, des larmes venues, seulement. Je n'y peux rien. Le sentimental est obscène et le sentiment ment. Je t'ai aimé, petit infirmier de mort, petit insolent de l'étreinte, tu es beau, je t'ai aimé parce que tu ne me faisais plus faire de projets. Et je m'écarte parce que je ne veux pas faire ce voyage en Turquie, à quatre. Vas-y avec eux.

« Le gosse de la piscine, je l'ai raccompagné chez lui. J'ai un peu parlé avec sa mère. Elle m'a dit qu'il faisait ça, dans la baignoire, quand il était petit. En vacances, il leur fait ça, à la mer. Il faut toujours le surveiller, disait-elle. Puis à mi-voix, comme un constat, sans étonnement "je crois qu'il veut mourir. Il n'aime rien, ici, chez nous. Il ne nous aime pas. Vous avez vu, il est tout de suite monté dans sa chambre. Il écrit". "Il écrit ?" "Oui, il écrit." "Quoi ?" "Je n'ai jamais réussi à trouver ses cahiers. Il écrit et je crois qu'il déchire. Je l'ai vu. En allant au lycée, il sème des petits papiers." Et j'ai pensé à toi : tu déchires du papier blanc. Il y en a des nuages derrière ton solex. C'est ta neige. Salut Pierrot. J'adorais mettre mon nez dans ton nombril. Les beaux jours reviendront. Sur la bicyclette que tu m'as offerte pour le premier anniversaire de notre rencontre, il n'y en aura pas deux, j'irai, dès les premiers amandiers en fleur, faire un tour dans la campagne. Si je pleure, ce sera le vent. Je t'aime et je t'embrasse les pieds, comme ta mère, quand tu étais petit. Comment disait- elle, déjà ? Tes pezous ? J'embrasse tes pezous. Grosses bises à tous trois. Lilly.

« Suite et fin. Griefs : aucun. Signes particuliers de liaison : néant. Motif : a rempli son sablier jusqu'à l'âge de dix-sept ans et depuis refuse de le retourner. Corollaire : je ne sais pas à quelle vitesse nous vivons, mais de dimanche en dimanche, le temps grignoté n'a pas existé. Nous nous sommes grignotés, c'est tout. Regards : tu me regardes droit dans les yeux, tu me fais loucher un peu, et je ne sais toujours pas qui tu es. Famille : chez moi, mais les petites gens d'Angers n'ont pas vue imprenable sur la Seine, les repas s'achèvent toujours avec promesse implicite de se revoir. D'où vient ce déracinement qui hante les familles promues par l'argent ou le pouvoir ? D'où vient que là-haut, au cœur de Paris, ou dans les beaux quartiers des grandes villes de province, vous vous faites tous les bûcherons de vos arbres généalogiques ? Image : le soir du dimanche 10 mai, nous étions allés, en voisins, de la rue de Charonne à la Bastille. Et quand la pluie nous a chassés sous un porche, tu me tenais dans tes bras, tu riais et tu tremblais. Et tu tremblais. Tu étais presque heureux de ce que la fête de ce soir-là ait lieu non loin de chez toi. Tu ne le disais pas, mais tu voyais là un signe. L'orage, aussi, t'avait fâché. Autre signe. Tu m'as dit “ regarde bien, en haut de la colonne, le messager tient dans sa main droite un rameau, on le voit ; et dans sa main gauche, une chaîne brisée, on ne la voit pas très bien. Faudrait des jumelles” . Tu es enchaîné mon petit Pierre. Tu ne sais pas ce que tu veux, et tu ne le sauras, vous ne le saurez jamais. Les racines coupées pourrissent au-dedans de l'arbre. Ça pousse au- dedans de toi, ça prolifère. Ça fait écran. Tu riais et tu tremblais. J'avais encore quelques illusions, tu me les as raflées. Ne me reste qu'un tout petit territoire de provinciale, intact. J'y veillerai. J'y veille. Je fais un petit saut, latéral. Je reviens à la case de départ. Je n'aimais pas le train. J'arrête. Clac : bruit des ciseaux. »

Pierre remet la lettre dans l'enveloppe, la plie et

la glisse dans son portefeuille. Samedi 20 février. Huit heures vingt du matin. Il a juste le temps de se passer la tête sous l'eau et de partir pour l'ouverture du cabinet de soins et les visites de quartier. Dans la petite salle de bain, au-dessus du lavabo, coincée entre le miroir et le mur, une carte postale « à Pierre Breillard, chez ses parents, 44, quai de New-York, 76016 Paris. France », un tampon « Rio de Janeiro 15 VII 77 », Pierre avait seize ans. Texte de la carte « Jeune ami et fils d'amis, cher Pierre. La solitude est toujours ailleurs. Karpak. P.S. Message à partager avec tes parents. Je suis sûr que tu as eu ton bac. Tu vas pouvoir partir. » Simon avait dit « mais de quel droit t'écrit-il ? Donne-moi cette carte ! » Laure avait retenu Pierre « non, garde-la ». Pierre avait lancé « de toutes les façons, je n'aime pas ce mec-là. Il plane toujours au-dessus de sa proie. Et moi, pas touche ! » Ce matin, Pierre prend la carte, la déchire, met les petits bouts de papier dans sa poche. Il les sèmera, derrière lui, dans la rue.

Message reçu. Dans le blouson, le portefeuille est contre son cœur. Il claque la porte, dévale l'escalier. Il se mord un peu les lèvres pour stopper les... Non !

IX

SUZANNE

TROISIÈME café. Neuf heures du matin. Il fait soleil. Les premiers cars de touristes stationnent au pied de la tour Eiffel à laquelle, petit, l'enfant Pierre n'avait jamais voulu monter « non, elle est toute rouillée ! » « Mais nous verrons la fenêtre de ta chambre, d'en haut. » « Veux pas, c'est tout rouillé ! » Un peu de sucre dans le bol. Trois coups de cuiller. Lécher la cuiller et la poser sur un journal pour qu'elle ne tache pas la table de la salle à manger. Une gorgée de café. Simon réfléchit. Devant lui les notes, prises depuis le précédent mercredi, placées dans une chemise en carton sur laquelle il a écrit en grand INVENTAIRE.

« Mercredi. Neuf heures du matin. Je suis sûr que quelqu'un est entré dans l'appartement pendant que je dormais. C'était pour moi une tardive première partie de la nuit après un grand chambardement et le bruit discret d'une porte qui se referme, dans un rêve, quand on approche le rêve, ne peut être raisonné qu'après, quand il est trop tard. Je me suis levé, d'un bond. J'ai dit “ Laure ? C'est toi ? Pierre ? Qui est là ?” Je suis allé à la porte, que j'ai touchée, humée, comme un chat.

Puis à la fenêtre. Je l'ai ouverte. Je me suis penché. J'ai guetté les piétons du quai. Dans la chambre de Pierre, je n'ai pas retrouvé le mouchoir découvert au moment de m'endormir, tendre mouchoir d'un fils parti. Ce matin, je me dis que ce mouchoir n'était qu'un rêve de plus, comme le bruit de la porte. Je vais me raser, me doucher, chemise blanche, cravate, costume, l'habit d'ombres, d'années d'ombres, je veux, de nouveau, me signaler, appeler, me montrer, demander. Celui qui ne demande rien est inconsidérable dans cette société qui rechigne à changer, hargne, rage. Je veux savoir comment ils parlent et s'ils me répondront, les amis d'avant, les épargnés qui doivent, au principe des mois derniers, prendre pour cible les épargnants et les abusifs, en notre royaume de l'abus.

« Dix heures quinze. “ C'est de la part de qui ?” “ Simon Breillard.” “ Un instant, je vous prie.” J'ai déjà donné sept coups de téléphone. Les six premières fois, les secrétaires sont revenues et m'ont dit “ c'est à quel sujet, monsieur ? ” “ C'est personnel madame” , traditionnelle réponse de la réunion et le “ puis-je noter votre numéro de téléphone et je vous rappellerai dès que...” In memoriam Beullac, Sertier, de Lestre, Chamboulier, Mattei et Lambelle, petit collier de noms pour ce debut d'inventaire. Seul Meyer m'a répondu “ je ne te demande pas comment ça va. Et tu n'as rien trouvé dans le privé ?” “ Je n'ai pas cherché.” “ Cherche ! Cherche !” Spontané à me répondre il était déjà anxieux de l'avoir fait. “ Ecoute : je peux te voir vendredi, mais pas au bureau. Je suis sûr que tu n'y tiens pas. Au café Césaire à dix-neuf heures ? Ça te va ?” “ Oui. Merci.” J'ai dit merci, un merci bref et glissant. J'ai longtemps subjugué Meyer. Il me demandait souvent conseil. J'étais le dominant. Voici qu'il me domine.

« Mercredi. Dix-sept heures. Beaulieu m'a lancé “ viens tout de suite sinon ce sera jamais !” Un blasé “ ne nous dérangez pas” à sa secrétaire. Plus sec que jamais, le cheveu court, l'œil joueur “ je sais ce que tu penses, Simon. Comme toi, j'ai cru aux charrettes. Mais il aurait fallu qu'ils vident les ministères. Nous avons tous été cajolés même si nous faisions la fine bouche devant un pouvoir qui nous tenait sous anesthésie. Bon. Bref. Tu penses que j'ai retourné ma veste mais je n'ai même pas eu à le faire. Paradoxe : j'étais un rude de droite, et les syndicats me connaissaient ! Bien. Voilà l'ivresse. D'ailleurs, droite ou gauche, les classifications sont faites par des gens qui ne participent pas à la réalité” . Il a ri. Il a répété “ je sais ce que tu penses ” et, l'air faussement sérieux, il a ajouté, même bloc de phrase “ je suis donc devenu un fonctionnaire de gauche. Comme on dit. Ça me ferait plaisir si la gauche signifiait les pauvres. Je ne peux rien faire pour toi, Simon. Plusieurs fois, j'ai lancé ton nom. Il n'y a jamais eu d'écho” . “ Jamais ?” “ Si. Ils parlaient de Berthier.” Quand Beaulieu m'a raccompagné jusqu'à l'ascenseur, l'huissier d'étage m'a reconnu. Les huissiers n'ont pas changé, eux non plus. Beaulieu était gêné “ comment va Laure ?” Je crois que j'ai répondu “ très bien” . C'est tout ce que je lui ai dit “ jamais ?” et “ très bien” . Coup nul.

« Mercredi. Vingt-trois heures. Pendant le dîner, Jean-Noël n'a pas arrêté de me parler de son journal “ le bon virage, au bon moment ! Il était temps. J'étouffais. Les abonnés ont triplé. Nous avons dépassé le cap des cent mille en couverture nationale. Franco est mort. Les colonels grecs ont disparu. Pinochet n'est pas éternel, mais depuis trente-cinq ans, là où les blindés soviétiques passent, l'herbe de la démocratie ne pousse plus ”. Col ouvert, blouson que je lui connais depuis 68, il avait peur que je ne l'interrompe. Il bouffait et parlait en même temps “ le pire, c’est que les chefs d’État qui se méprisent s’accordent pour tranquilliser leurs opinions” . Nous buvions. Lui du vin et moi de l’eau. J’avais repoussé mon assiette. Bras croisés sur la table, je l’écoutais “ tu as vendu des timbres antituberculeux, comme moi. Nous avons le même âge. Mais souviens-toi, à cette époque-là, le communisme, c’était la même chose que la tuberculose. Une maladie grave qu’il ne fallait pas attraper. Beaucoup d’entre nous l’ont eue et ne s’en remettent pas d’avoir, aujourd’hui, à cautionner un Parti qui s’infiltre. Et ce n’est pas épidermique, Simon ! Le derme ! Carrément en dessous, là où les maladies durent. Ils prennent tous les petits postes charnières. Et tu ne dis rien ?” J’ai souri. “ De quel côté es-tu, Simon ?” “ Et toi ?” “ Moi ? Je ne sais même plus. Le bavardage continue. Le gouvernement essaie de tenir ses promesses, c’est tout. Au journal, finalement, nous donnons dans le pluralisme. Il faut tenir les caps, l’ancien et le nouveau, la chèvre et le loup ! Ça ne te fait pas rire ?” Je me suis mis à boire du vin. J’ai pris deux fois du dessert. Jean-Noël a regardé sa montre “ j’ai un rencard. Salut. Porte-toi mieux” .

« Jeudi. Vingt heures. En vitesse. La liste noire s’est allongée, liste de celles et ceux qui me disent ou me font dire je te ou je vous rappellerai. Il me plaît de mettre en exploit cette disponibilité qui me fixe comme à un jeu, pour ne pas dire je. Garder le je pour ces brèves notes. J’en suis encore, naïf, vague, gosse de Fréjus, à me demander si la véritable finalité du fonctionnaire n’est pas de se protéger professionnellement pour faire carrière plutôt que de défendre les intérêts citoyens ou de donner une justice de qualité au justiciable. Chaque décision fait de nous un juge, fourbe ou perdu, ou l’un, ou l’autre. Vu Crespelles. Il ne parle que d'une « impossible conversion psychologique ». Sur le mur extérieur du ministère où il ne sait pas trop ce qu'il fait, « mais je suis casé, la case attendez plusieurs tours avant de vous remettre à jouer », une équipe de nettoyage municipal de la Ville de Paris grattait la pierre pour effacer une inscription écrite en grand pendant la nuit : « Solidarité impossible. Vengeance cruelle. » A propos de cette inscription, Crespelles m'a dit « tu as une idée, toi, de qui a pu écrire ça ? Et pourquoi ? » Comme je ne répondais pas, il a murmuré « nous ne savons plus où nous sommes. L'Histoire, dans ces cas-là, fait des saletés ». Il avait d'autres rendez-vous importants. « Après la mainmise des résistants, voici les états d'âme des ex-staliniens ! Frappe à toutes les portes, Simon. Souviens-toi de ce que tu m'as dit un jour, et j'en ai tenu compte : on n'est jamais assez égoïste pour être généreux. » « Ce n'est pas ce que je voulais dire, je... » « C'est ce que j'ai compris. Et cela m'a servi. » J'ai souri. Quand j'ai quitté le ministère, le mur extérieur était propre et l'inscription effacée. Tout s'efface rapidement. Les équipes se multiplient.

« Jeudi. Minuit. J'ai appelé Pierre, à plusieurs reprises. J'ai besoin de le revoir. Ça sonne et ça ne décroche pas. C'est ordinaire : ça sonne et ça ne décroche pas.

« Vendredi matin. Rêve confus. Ils avaient tous le même visage, le même bureau, le même stylo et la même manière de gratter le papier : ce qu'ils écrivaient était ponctué, virgules, majuscules, points, mais les mots étaient illisibles. Rien ne les formait et ils n'avaient plus de sens. A chaque fois, dans chaque bureau, j'allais derrière chacun de ceux qui, principe du rêve, m'accordaient une audience et j'essayais de lire au-dessus de chaque épaule. Je me sentais à la fois heureux de voir qu'ils n'avaient aucun message à transmettre, difformité apaisante de ce qu'ils écrivaient, et anxieux de constater que plus rien ne pouvait être dit. Est-ce que de ce vertige va naître une forme paisible et belle ?

« Dans les voix de Meyer, Beaulieu et Crespelles, un nom revenait, en sonorités glissantes, nom qui n'était jamais prononcé : Hanssen. Un autre également, plus carré : Berthier. Ou bien les prononçais-je, moi, dans ma tête, propre chef de mon service de contentieux. Quel bonheur quand la pensée a du grain. Il faudrait que je me restaure.

« Seize heures. Je sortais d'un restaurant de la rue du Bac où j'avais déjeuné, seul. Il faisait soleil, un soleil pâle, inattendu. Le ciel s'était dégagé au-dessus de cette ville. Nous entrons peut-être, déjà, dans la saison où l'on verra des nuages et non plus le tapis gris de l'hiver. Je ne l'ai pas reconnue tout de suite. Petite, menue, bien coiffée, un peu trop maquillée comme elle le fut toujours, mais fanée, comme si la poudre avait pris le dessus, un manteau de laine noire, un tailleur bleu foncé, gansé, tailleur que je lui ai vu maintes fois porter il y a des années comme s'il avait été le symbole de la réussite de “ son Lucien ”, “ mon Lucien ” disait-elle toujours, “ mon Lucien travaille trop ”, “ dites bien à mon Lucien de ne pas trop manger à ce banquet ”, c'était elle, elle : Suzanne Berthier. Elle se tenait devant la vitrine d'un antiquaire. Ma première réaction fut de faire demi-tour. Mais il me fascinait de la revoir sans être revu. Alors, j'ai pressé le pas, en bordure de trottoir. Mais elle m'a aperçu dans le reflet de la vitrine et elle m'a appelé “ monsieur Breillard... ” Monsieur ? Breillard ? J'ai fait l'étonné. Et comme je lui serrais la main, elle a murmuré “ je suis heureuse de vous revoir, Simon. Je pense souvent à vous ". Un instant, nous nous sommes regardés. " Mais, madame... " " Si, si, très souvent. " Et comme elle m'observait sans rien dire de plus, appel, je l'ai invitée à prendre un café avec moi. Elle n'aimait ni le lieu, ni la table, ni le bruit. Elle a retiré ses gants. Elle tenait son sac sur les genoux " oui, souvent, je vous ai écrit, dans ma tête. Je vous ai même, depuis quelques années, parlé de très nombreuses fois à voix haute. Je vous écrivais ou je vous posais toujours la même question. Jamais de la même manière. Mais toujours la même. Et je ne sais évidemment pas très bien comment, maintenant, la formuler. Parce que vous êtes là. Parce que je ne peux pas croire... " " Dites-moi, madame... " Elle a ouvert son sac. Une petite boîte. Une sucrette dans son café noir. " Vous savez que je n'ai jamais cru au suicide de mon Lucien. Oui, il s'est suicidé. Contrairement à ce qu'une certaine presse a écrit, on ne l'a pas suicidé. Mais je crois, par contre, qu'il a été désespéré. Je veux dire par là que d'autres ont fait œuvre de le désespérer. Un autre peut-être. Un seul autre. Le seul à qui il faisait confiance, car mon Lucien était trop brut, et trop rompu aux effets de toutes sortes de manœuvres pour être trompé par un autre. Un autre que vous. Voilà. Ce n'est même plus une question. Et je ne souhaite plus de réponse. " Elle a remis ses gants. " Maintenant je sais. " Elle a fermé son sac. " Je me promenais. Je vais poursuivre ma promenade. " Elle se lève. Elle n'a pas bu son café. Je me lève. Je jette une pièce de dix francs sur la table. Des clients, au comptoir, nous regardent en souriant. Tout cela prend des allures de scène amoureuse entre une vieille dame et un moins vieux monsieur. Je l'ai suivie. De nouveau elle s'arrête devant la vitrine de l'antiquaire, cette fois vive, presque enjouée, et moi, derrière elle, répondant à ses questions. " Avez-vous reçu un ordre ? "

“ Oui, madame. ” “ Un an, au moins un an avant ? ” “ Oui, madame. ” “ D'un premier conseiller ? ” “ Oui, madame. ” “ De Hanssen ? ” “ Oui, madame. ” “ De tout petits dossiers, vous ne trouvez pas ? ” “ Oui, madame. ” “ Qui ne pouvaient inquiéter qu'un homme honnête ? ” “ Oui, madame. ” “ A l'époque aussi, au téléphone, vous me disiez toujours : oui, madame. ” Elle se retourne, me tend la main “ je vous avais vu sortir du restaurant. Ma première réaction a été de m'arrêter devant cette vitrine pour ne pas vous parler. J'ai vu que vous m'aviez vue. Mais vous n'avez pas cherché à m'éviter non plus. Il est bon que nous nous quittions ici. Vous leur avez servi d'arme blanche, Simon. Le sang coule désormais ainsi. C'est paraît-il plus propre et personne ne se sent coupable. C'est terrible. Je viens de perdre mon histoire. La seule histoire qui me posait encore des questions. Embrassez-moi. J'y tiens ”. Je l'ai embrassée. Pour cela je me suis penché. Très délicatement elle s'est écartée et elle a continué son chemin, en direction de la Seine. Suzanne.

« Vendredi. Vingt et une heures trente. Meyer est arrivé en retard au café Césaire. Il m'a annoncé la mort de Hanssen. Il m'a dit en riant, rire qu'il n'avait pas pu maîtriser, “ et il s'est vraiment suicidé ! Plus personne n'avait avantage à le pousser du haut de cette falaise. A part toi. C'est toi ? ” Je n'ai rien dit. Je l'ai regardé droit dans les yeux, longtemps. Longtemps. Jusqu'à ce qu'il se lève, dise, “ bon. Je suis venu ”, et s'en aille.

« Tard dans la nuit. Karpak vient de m'appeler de Biarritz. Il me demande de prévenir un certain Bernard Aste. Il n'a pas son numéro de téléphone. Il n'y a personne dans l'annuaire, à ce nom-là. »

Simon ferme le dossier INVENTAIRE. Il y a de beaux nuages dans le ciel. A quoi bon noter, tout dérive. Il porte le bol sale dans l'évier de la cuisine. Il a décidé de revoir Pierre. D'aller sur place. Chez lui. Chez son fils. Coûte que coûte.

X

THIERRY

APRÈS la dernière représentation, Marc et les autres avaient décidé de regagner directement Paris. Fin de tournée. Fausse joie « on a passé de bons moments, pas vrai ? Oh ! tous ensemble, pour Laure ! » Ils avaient applaudi en tournant autour d'elle, comme une pantomime, devant l'entrée des artistes du théâtre Floréal. Sur le trottoir, des malles pleines de costumes, des éléments de décor et le matériel sono. C'était fini. Marc s'était arrêté le premier. Il avait serré Laure contre lui « te revoilà comédienne. Bonne route. Dommage que tu ne veuilles pas rentrer avec nous. Mais je te comprends. Quand on se quitte, on coupe ! » Laure les avait aidés à tout charger dans le minibus. Ils étaient partis en faisant plein de gestes d'adieu par les portières et en poussant des cris de Sioux. Ensuite, Laure s'était promenée dans la ville endormie, désertée, marchant parfois au milieu de la chaussée, s'arrêtant aux vitres des cafés encore ouverts, hésitant à entrer, puis poursuivant son chemin. Un souvenir venait de lui revenir en mémoire. Amiens ou Poitiers, mêmes chaussées, mêmes cafés, mêmes nuits. Il lui manquait quelqu'un. Et ce quelqu'un s'appelait Thierry. De retour à l'hôtel Storia, elle écrirait à Simon une lettre dans laquelle elle lui ferait confidence de ce souvenir. Elle avait pressé le pas.

« Amiens. Nuit du 19 au 20 février. Mon Simon. Tilou. Mon petit loup. Il ne me manque que notre couche. Le secret de nos nuits quand nous dormions ensemble. Je ne sais de toi que ces nuits-là. Le plus beau des romans est d'abord une lettre. J'ai une histoire à te raconter. J'avais dix-sept ans. A Poitiers. C'était un 13 avril. Cette année-là, le treize tombait un samedi. Il y avait fête chez des amis de mes parents pour les dix-huit ans de leur fille cadette. J'avais une robe bleue, un bleu très pâle. Le tissu en était soyeux, léger, caressant. J'avais le goût d'être ce soir-là. Un goût de tout le corps, dans la bouche et surtout, aussi, au bout des doigts quand je saluais ces jeunes gens parmi lesquels tu n'allais faire ton apparition que quelques années plus tard, pour me rapter, beau voyage que nous fîmes ensemble, calme croisière de nos corps et toi à Paris désormais, et moi, ici, en tournée, fin de tournée, comme rejetée par le ressac d'une solitude que plus personne n'habitait de jour. Je t'aime. Je crois, également, ne t'avoir jamais aimé aussi fort que le quelqu'un de ce soir-là. Il s'appelait Thierry. Je n'ai même pas eu le temps de lui demander avec qui il était venu ou même s'il avait été invité. Je sais seulement que de tous ceux dont j'avais rêvé il était l'échappé, le surprenant, le seul que je croyais attendre vraiment. Dérisoire « vraiment ». Je me revois gourde, à ne pas oser le regarder quand il me regardait. A faire même semblant de me perdre dans le groupe de la fête pour bien vérifier si son regard me suivait. Il avait l'air réjoui. Je l'amusais. Le jeu dura un long temps. Plusieurs fois, il y eut le disque des Platters, et cette chanson *My Prayer.* Puis il se plaça près d'une porte-fenêtre ouverte sur un jardin. Je me souviens de l'odeur de pelouse quand je me suis approchée en lui rendant le très exact sourire qu'il venait de m'enseigner, sourire lumineux qu'aucun baiser n'a encore mouillé. Je ne savais rien de vous : ni de lui ni de toi à venir. Je ne savais que les amours flanqués aux écrans, glissés entre les pages des livres, entrevus dans les parcs quand j'étais enfant et quand un ou une Duverger m'ordonnait de ne pas envoyer la balle trop loin. Les vernis noirs me faisaient mal en ce temps-là, et les socquettes blanches, mi-mollets, me marquaient un peu la peau. Ce soir-là, jambes nues et pieds libres, je portais les chaussures de ma mère, j'avais le même pied que maman, j'ai dansé avec Thierry, tout de suite tout contre lui. J'aimais le souffle de ses narines sur mes cheveux, ma main gauche en poing, dans sa main droite poignante, son autre main sur ma hanche, mon autre main sur son épaule, très haut, il se courbait un peu. Je ne pensais plus aux pas de la danse. Nous dansions bien, ensemble, et sans y penser. J'observais les veines de son cou. J'imaginais le sang coulant dedans, et moi dedans, coulant avec le sang, commençant la visite, de l'intérieur, toute petite. Le plus beau des romans, et peut-être le seul que j'écrirai, n'est qu'une lettre, celle-ci. Nous fûmes bien maladroits quand il fallut arrêter de danser, prendre légère distance, et nous poser quelques questions en attendant un nouveau disque. Il vivait à Valence, en Espagne. Ses parents avaient des affaires là-bas. Il fut question de moi aussi. Je lui ai dit mon nom, en entier, Laure Duverger, en espérant, avec un brin de vanité, que la notabilité de mon père l'épaterait. Mais il était venu d'ailleurs. Échappé encore. Pourquoi était-il là, ce soir- là, élu ? Cela ne fit qu'accroître ma joie à danser de nouveau avec lui. “ Import-export ” me dit-il, “ à Valence, en Espagne. ” C'est tout. Très vite, nous sommes sortis. De la terrasse de cette maison, à la crête des remparts de ma ville natale, jardin à la française, on voyait la campagne des alentours. C'était lui. Lui. J'ai aimé sa main, quand il me la tendit pour descendre un escalier. Cette main, je m'y suis perdue. Je m'y sentais tout entière, pelotonnée sur moi-même, comme dans un lit nuptial, attendant qu'il me rejoigne. Et je sentais en moi les immenses mains des garçons qu'il me ferait. Une petite joie au ventre. La voix alors monte de là, pleine de doigts, tous ces doigts des enfants à venir, dans ma bouche, pour lui répondre. C'est ainsi, mon Simon, que j'ai vécu cet instant-là ce soir-là. Quand il m'embrassa, j'eus l'impression de me retrouver tout entière dans sa gorge. Il me serrait si fort que le lendemain encore je sentais dans mon dos l'empreinte de ses mains. Combien de fois, alors, ai-je pu me retourner pour voir l'invisible dans un miroir ? En bas de l'escalier, une pergola. Nous nous sommes assis, côte à côte, sur le muret, une main sur la mienne, entre nous. De ce geste, il me demandait d'écouter la nuit, le ciel. Je l'appelais Thierry et le nommer lui donnait un vif regard. Lui m'a appelée Laure. Il se leva, me tendit la main, et me dit « partons ». Il vivait chez des cousins et moi chez mes parents. Tant mieux. Je me disais que nous avions toute une vie pour dormir, l'un contre l'autre et l'un dans l'autre. Je nous figurais ainsi très précisément l'un dans l'autre. Cette histoire ne serait sans autre importance que celle que l'on accorde à la première personne que l'on prend dans ses bras s'il n'y avait pas eu une suite et une fin, tout de suite, si vite le matin. Nous étions allés nous promener sur les berges de la Gabeuse. La rivière, verte, sentait la bouteille, le bouchon et la vase. Cette odeur d'égout avait un charme de parfum. Thierry venait de m'offrir une première odeur, hors de chez moi, et cela me mettait hors de moi. Ses regards disaient qu'il vivait cette rencontre aussi fortement que moi. Nous venions de nous détacher de tous et de tout et de nous attacher immanquablement l'un à l'autre. Quand il me serrait contre lui, je me sentais le front contre un rocher, paroi inviolée, ne surtout pas regarder derrière au risque du vertige et de la chute. Quel sentiment d'escalade ! Dangereux point d'exclamation. Est-il interdit de s'exclamer ? Le jour se levait. Il m'a raccompagnée chez mes parents, boulevard de la République. Et là, devant la maison, pas trop près de la maison, nous nous sommes embrassés tout plein de dernières fois. Je me voyais déjà en route pour Valence, le rejoignant pour les grandes vacances, renonçant à la villa de La Baule et au rite familial. J'écrivais déjà la lettre que je lui enverrais dès le matin, quelques heures plus tard, afin qu'il la trouve dès son retour, là-bas ? Des piétons passèrent sur le trottoir. Nous nous sommes sentis observés. Alors, nous nous sommes échangé nos adresses, lui la sienne, moi la mienne. Je n'oublierai jamais ce regard que nous nous sommes volontairement refusé, au moment où je quittais la voiture et me dirigeais vers l'entrée de la maison, tant nous étions sûrs, et l'un et l'autre, d'avoir rencontré l'être, l'autre, précis, que nous attendions. Tant pis si tu ne crois pas à ces mots, si tu les trouves trop beaux pour être crus. C'est drôle : crus. J'ai simplement entendu le bruit de la voiture. Quand je suis ressortie de la maison, pour un dernier geste, c'était trop tard. Je ne me suis pas couchée. J'étais assise à mon bureau d'étudiante rêvant de devenir la tragédienne de ma fin de siècle. Et quand brusquement j'ai eu envie d'écrire à Thierry, j'ai cherché son adresse dans ce sac de bal que maman m'avait prêté, petit sac en perles dont elle ne voulait plus. Curieux échange : j'avais gardé mon adresse. Il était parti avec la sienne. C'est tout. C'est mon histoire d'amour. Thierry, Valence, import-export. Je ne savais même pas son nom de famille. Je connaissais peu les gens du bal. Jusqu'aux examens, j'ai cru qu'il se souviendrait du mien, qu'il retrouverait mon adresse, qu'il m'écrirait, lui. L'été qui suivit, à La Baule, je guettais le courrier renvoyé de Poitiers. La mer fit le reste, un automne, puis un hiver, des saisons. Jusqu'au jour où Karpak nous a présentés, mon beau Simon, Tilou, mon petit loup. Et ce fut bien, très bien entre nous, droit, comme pour les autres, comme pour toujours, comme ceux d'avant, parfait, mais jamais aussi bien qu'avec Thierry. Nous avons la même taille. Voilà tout. Un petit bobo et le privilège de pouvoir l'écrire. J'ai ramassé un tract, dans le caniveau, devant l'hôtel Storia où je loge jusqu'à demain midi. En voici le texte : “ Oui à toute notre histoire, notre passé, notre instruction politique. Mais non à l'arrogance de la C.G.T. Tout se bureaucratise et se vide de sang. ” Le tract n'est pas signé. Je ne t'enverrai pas cette lettre. Je la verse au dossier de notre séparation, cette respiration. Oui, Simon, Tilou, mon petit loup, tu me manques, la nuit, beaucoup. »

Samedi. Onze heures du matin. Laure n'a plus qu'une heure avant de devoir rendre la chambre. La femme d'étage est déjà venue frapper plusieurs fois à la porte. Les bagages sont prêts. Deux sacs et une petite valise. Le manteau. Le cache-col. Laure ne sait pas si elle va regagner Paris, où loger, qui prévenir ? Laure a relu la lettre écrite dans la nuit et elle se sent ridicule. Mais elle se sent, elle se sait, elle se devine un peu, enfin, et se retrouve telle qu'au matin de son départ de Poitiers quand, profitant de l'absence de ses parents rendus à un mariage où elle ne voulait pas paraître, elle avait décidé de monter à Paris, chez sa tante Luce, d'éviter ainsi la colère de son père le juge, de gagner malgré tout la confiance de sa mère, et de se présenter au concours d'entrée au Conservatoire. Laure se retrouve telle qu'à ce matin- là. Elle a déchiré le tract mais elle garde la lettre tout comme elle tient aux lignes écrites sur l'homme du train et la page 213. Des petites histoires, rien que des petites histoires, ébauches, bribes, chacun se frôle et plus personne ne dit ou se regarde. Même le dire du regard semble désormais interdit. Une semblance que Laure rejette comme un ultime signe d'espérance, une espérance qu'elle ne veut lier à aucune morale, des morales qu'elle fuit, errance, et qui la tiennent, néanmoins, marionnette d'elle ne sait trop quel spectacle pour enfants qui ne grandiront jamais. Et qu'a-t-elle retenu de la pièce de théâtre dans laquelle elle vient de jouer, avec d'autres, pendant des mois ? Déjà, rien. Une pièce contemporaine, d'un auteur vivant. Mais quel en était le sujet hors la mise en scène glacée et le ton absent imposé à chacun des personnages ? Un art qui ne laissait plus de traces en mémoire humaine. Ne surtout rien dire et encore moins émouvoir. Laure a déchiré le tract parce qu'il était une voix et qu'elle voudrait avant tout considérer la sienne. Elle se lève. Ouvre la fenêtre de la chambre d'hôtel. Elle aura au moins, pendant quelques mois, vécu la représentation, et l'acte unique de ces chambres-là , cuirassées, touchantes, décaties, implacablement attachées aux secrets d'amours de passage ou de solitudes de voyageurs de commerce.

Elle rentre à Paris, c'est décidé. Un peu coupable. Comme si elle venait de passer une première nuit avec Thierry. Elle vérifie si elle n'oublie rien. Elle regrette un peu d'avoir déchiré le tract. Mais ce déchirement lui convient. Elle a répondu au message. Et c'est avec gaieté qu'elle rend la clef de sa chambre au bureau de l'hôtel. « Deux nuits, une personne ? » « Oui, deux nuits, une personne. » Comme elle a hésité dans sa réponse, bonheur du retour, secret de la lettre, la dame de derrière le bureau lui dit « oh, ce n'est pas ce que je voulais savoir. Les clients amènent qui ils veulent. Ça fait cent quatre-vingt-dix-sept. Petit déjeuner compris ».

XI

LUCE

MÊME heure, ce samedi-là, au buffet de la gare de Bordeaux. Karpak n'a jamais aimé les « heures à tuer ». Il arrive de Biarritz. Il doit attendre le train pour Marseille. De là, il se débrouillera pour se rendre à Sargues où il passera la nuit, puis à Crantac, le lendemain, où il retrouvera la famille de Hanssen. Il verra enfin les visages frères et sœurs de son ami. Mais pourquoi l'a-t-on mandé ? Il n'a jamais assisté à aucun enterrement. Il ne les a pas vraiment évités. Il ne s'est tout simplement jamais trouvé là au moment des mises en terre. Il n'a pas non plus le souvenir d'un corps mort ou du spectacle d'une agonie. Il n'a vécu la mort qu'au cinéma, et sur l'écran des pages de ses romans.

Dans le train, entre Biarritz et Bordeaux, il a lu les journaux du jour. Le ton de tout ce qui était dit, de toutes plumes, tant dans la presse dite désormais d'opposition que dans celle, en principe, de la majorité, lui avait paru uniformément « inflammatoire ». Il avait plusieurs fois prononcé le mot, à voix haute, seul, dans le compartiment. Un ton de temps de l'épuration : des dénonciateurs de tous les bords, les chagrins et réservistes d'une majorité qu'ils n'acceptaient pas parce que trop habitués à contrer et les hargneux d'un pouvoir ravi, les gourmands d'un gâteau raflé au terme d'un interminable dessert, s'accordaient à narguer un gouvernement qui, somme toute, avait encore trop le souci de plaire. Qu'est-ce qui retenait les ministres d'accorder carrément les moyens à leurs objectifs ? Mais Karpak se sentait peu à même de juger de ce monde-là. Ceux de sa discipline qui s'y étaient hasardés n'avaient fait, historiquement, qu'ajouter à la confusion. Karpak avait jeté les journaux, en descendant du train, dans une panière « Bordeaux, ville propre ». Le vœu de propreté de toutes les villes qu'il traversait ressemblait étrangement au sentiment d'espoir déçu qui venait de le saisir encore une fois à la lecture des nouvelles du jour. Il s'était dit que les syndicats autant que le patronat ne voulaient pas du pouvoir en cours et que les discours commentateurs annonçaient encore de ces terribles heures de guerre civile froide dont les Français raffolaient pour le plaisir des peurs et des magots. Piètres philosophes qui jouaient aussi ce jeu-là dans le cadre de tribunes libres. Et si, à l'annonce de la mort de Jean Hanssen, la première réaction de Karpak avait été d'appeler Simon pour qu'il prévienne le docteur Aste, Bernard, mais comment Jean l'appelait-il déjà dans l'intimité, et quel était son vrai nom, ç'avait été surtout pour reprendre contact avec un ami, en instance de déception, comme lui, en toutes sortes d'instances et de ruptures, et l'approcher de nouveau comme un modèle, le modèle d'un dessin sans originalité, d'un dessin sans autre audace que de montrer l'autre tel qu'en son corps, rien qu'une académie, l'académie d'un fonctionnaire qui n'a jamais voulu admettre qu'il n'avait d'autre fonction que de surveiller les places voisines, occupées par des identiques, et surtout pas celle d'entreprendre, d'oser, de réaliser. Karpak, lui aussi, souffrait d'avoir cru à certains projets, dans ses romans, alors que tout et tous lui criaient de ne faire que ce que les autres faisaient. Karpak savait que Simon ne pourrait pas prévenir Bernard. Mais il avait parlé à Simon. Et il le reverrait. Curieux d'obtenir de lui l'expression de sentiments, un dire sur sa carrière interrompue, et des détails, peut-être, enfin des détails, sur l'affaire Berthier. Il en ferait un roman dont il n'avait que le titre *Le Valet de la mort*. Mais le sujet était perdu d'avance. Et Karpak le savait. Tout s'était déroulé, comme dans la vie, banalement, sans que personne, jamais, ne soit responsable du désespoir de l'autre. Des exclusions. Rien que des exclusions.

Au buffet de la gare de Bordeaux, Karpak vient d'écrire un texte de préface demandé par les organisateurs des « États généraux de la famille occidentale à l'aube du second millénaire ». Il avait décidé de répondre poliment non à la demande. Tout cela était annoncé pompeusement. La lettre était flatteuse. Tout ce qui l'agaçait. Mais pour ne pas tuer le temps, entre deux trains, intrigué également par le fait qu'on lui demande, à lui, de parler de la famille, il a écrit ceci qu'il enverra, texte manuscrit, comme une lettre, avant de reprendre le train.

« Jamais personne d'aucune discipline ne dira assez clairement qu'on ne peut se détacher, aimable détachement ou détachement aimant, de la famille qu'en mesurant son attachement. Sacralisée pendant des siècles, unie, respectée, si forte en soi, il a fallu que la famille subisse les anathèmes, ou ce qu'elle a pris pour des anathèmes par peur d'être trop bien guettée, pour qu'elle commence à se reconsidérer, tendres et violentes retrouvailles. Mais pis ou mieux encore pour elle, ce dernier siècle écoulé, la sacralisation de toutes sortes d'écoles de la coupure. Qui, de nos générations vivantes, n'a jamais entendu. “ il faut te couper de ta famille ” ? Coupure ou détachement, il n'y a en fait que mesure de l'attachement et parfois la distance, preuve d'affection. Les mots, ici, ne sont pas convenus. Pour la famille le convenable ne suffit plus.

« Ici, aussi, il faut dire que les familles se créent des victimes pour pouvoir en souffrir ou les faire souffrir. Le plus souvent, tout cela est habillé de tendresse. Un habit de dimanche pour que rien ne paraisse. Tout peut arriver mais personne ne doit le savoir. Le sujet demeure tabou. Et pourtant, les familles procréent des célibataires, branches mortes de l'arbre généalogique, celles ou ceux qui ne se marient pas, ou celles et ceux qui vivent une autre sensualité que celle en norme. Et ceux-ci et celles-là procréent également si l'on veut bien admettre qu'ils renvoient le plus souvent à leurs familles une plus juste et noble image d'elles-mêmes, au risque de douloureux constats. Il y a toujours quelqu'un de flou sur une photo de famille. Ce n'est pas un fou. C'est celle ou celui qui ne fera pas comme les autres, et qui vivra une solitude proche de l'isolement. On ne parle jamais d'eux parce qu'ils ne seront jamais deux. Deux fois un, sans suite oui, mais jamais deux pour la multiplication. Or ils sont dans la famille. Un beau sujet, si l'on veut. Il est trop facile de dire qu'ils ont décidé d'être ce qu'ils sont. A qui la décision ? »

Karpak signe le texte. Il a trop peur de le relire et de se rendre compte que, comme tout le monde, le banal tout le monde, il a répondu à une demande par une question. Et qu'en cela, comme la plupart, tous peut-être, il manque de ce courage qui permettrait aux idées d'inspirer et de modifier des comportements désormais inlassablement répétés, analysés, copiés, reproduits.

Une enveloppe. L'adresse. Un timbre. Un petit mot d'accompagnement pour expliquer que le texte proposé ne se présente pas frappé à la machine. Plus qu'un quart d'heure avant le départ du train. Valise à la main, Karpak cherche une boîte aux lettres et poste le message. Il se dit, sentiment habituel, que ce texte, comme le texte sur l'amitié, sera refusé ou plus simplement tu. Des états généraux ? La famille occidentale ? L'aube du second millénaire ? L'an 2000 ? Tout de suite ? Pour Karpak, ce ne sera jamais. Sa génération a tout bradé. « Messieurs les voyageurs sont invités à s'éloigner de la bordure du quai », le train entre en gare. « Avez-vous composté votre billet ? » et « messieurs les voyageurs sont informés que le train 7013 en direction de Toulouse, Marseille n'est accessible qu'aux personnes ayant acquitté un supplément ». Quel supplément ? Qu'est-ce qui est accessible ? Encore un voyage sans voyage. Sur le quai, une fille aux cheveux verts et un garçon aux cheveux mauves, couverts de badges, se disputent un transistor accroché à une chaîne. Ils ont l'air d'être heureux. Karpak baisse les yeux. Il les laisse monter en premier dans le train. Il se dit « le train qui va se cogner contre la falaise de Crantac ».

Les vignes, des vignes, puis le paysage des Landes. Des forêts contenues, attentives, un ciel panaché de nuages, par endroits des rideaux de soleil et l'ombre du ciel tourmenté regagnant vite son territoire. Il y avait longtemps que Karpak n'avait pas observé un ciel changeant. Le train longea la Garonne, grise, morne, qui ne parle plus de départs et d'outre-mers. Puis ce fut la campagne, des pâturages, des villages, des petites gares traversées en fusant sans que l'œil puisse fixer un nom de lieu, des rivières sinueuses bordées d'arbres immenses, et le ciel, le ciel que Karpak fixa comme un enfant heureux d'un premier voyage. Luce Duverger restait ainsi, des journées entières, à l'ouvrage d'une tapisserie dont on se demandait si elle la terminerait jamais, guettant le ciel de Paris. Du haut de son appartement de la butte Montmartre, plein sud, la ville semblait tapie, écrasée. Parfois un avion, un hélicoptère, mais surtout les nuages. Elle avait, elle aussi, quitté Poitiers pour la capitale. Vingt ans, elle avait vécu avec Conrad Strichner dont le nom d'ethnologue figura dans deux éditions du Larousse des noms propres, puis avait disparu. Luce Duverger avait écrit afin de demander le pourquoi de cette disparition. Elle défendait la mémoire de son compagnon que le père de Laure appelait « le vieux singe ». Réponse succincte « pour cause de réactualisation de notre ouvrage ». Depuis, Luce Duverger gardait l'appartement, comme si Conrad allait rentrer, s'inquiétait du ciel, de la pluie, de l'orage, des giboulées ou de la neige. L'hiver était sa saison car le ciel lui donnait chaque jour des inquiétudes ou des angoisses qu'elle associait à la tendresse qu'immuablement lui inspirait le départ de son homme. Et quand, parfois, Karpak raccompagnait Laure chez sa tante pour répéter une scène, lui donner la réplique ou inversement, puisqu'ils étaient dans le même cours, se protégeaient des autres en se disant amoureux l'un de l'autre et préparaient tout ensemble, Luce les observait avec amusement « ce n'est pas ainsi, l'amour, pas ce ton-là ! Parlez avec le ventre. La voix humaine vient du ventre et non pas de la gorge. Les voix qui viennent de la gorge percent les oreilles de ceux qui écoutent et les rendent sourds ». Laure disait de sa tante qu'elle était un peu folle et qu'il ne fallait surtout pas faire attention à elle. C'est vrai, la vieille grinchait un peu. Alors, comme pour se faire pardonner ses éternelles remarques sur les voix de ses apprentis comédiens, elle se tournait vers le ciel et annonçait un peu de soleil, à contrecœur, ou la pluie « je suis sûre, Raoul, que vous avez oublié votre imperméable », ou le vent « vous devriez Raoul vous faire couper les cheveux. Le prince de Hombourg avait les cheveux courts ». Karpak s'était mis à la détester car pour l'appeler Raoul elle y mettait tout son ventre, faisant rouler le R, jetant le reste comme une vague sale, pleine d'usures. Elle ne voulait pas de lui pour Laure. Elle ajustait ses lunettes. Se penchait sur la tapisserie et plantait rudement l'aiguille comme si chaque fois, jetant un sort, elle crevait l'œil de quelqu'un.

A l'heure du thé, il fallait se réunir autour d'un guéridon. Laure allait et venait de la cuisine. Il manquait toujours le sucre, une serviette, le lait ou les biscuits. « Une cuiller, ma petite Laure ! » « Oui, tante Luce, je l'apporte. » La cérémonie était une épreuve. Laure était rentrée trop tard la veille « mais c'était un Shakespeare, tante Luce ». Ou bien Laure était pâle « où l'avez-vous emmenée, Raoul ? Dans une cave ? Vous l'avez fait danser dans une cave ? » « Exact, madame. » « Appelez-moi Luce, je vous en prie. » « Je ne le pourrai jamais, madame. » « Tiens donc ! Et si vous devenez mon neveu par alliance ? » « Vous ne le souhaitez pas, madame. Je crois que Laure non plus. » « Et vous alors ? Le beau rôle ? » « Même pas, madame. Je ne sais pas qui j'aime. Et j'aime trop Laure. » Laure et Luce s'étaient regardées. Luce avait éclaté de rire et de sa voix de ventre, bel exemple, elle avait lancé « si vous aimez trop, c'est que vous aimez les hommes ». Laure avait éclaté de rire. Karpak avait blêmi. Luce avait regagné la fenêtre. Dehors, il pleuvait, inlassablement. L'eau crépitait sur le toit de l'immeuble, dernier étage avant le ciel. « Approchez-vous. Il me plaît. Venez. » Et à voix basse, sa voix violoncelle, faisant quelques points de tapisserie, elle avait dit « Conrad a connu des tribus qui traversaient des déserts de milliers de kilomètres pour rejoindre des points d'eau. Ces hommes n'avaient sur terre aucun point de repère et dans leurs mains aucun de ces instruments qui donnent la direction. Il les a suivis, pendant des mois, étudiant leur langage, leurs coutumes, et curieux de savoir comment, avec pour tout instrument de calcul le soleil, ils ne s'écartaient jamais de la droite route. Jusqu'au jour où il comprit que ces hommes, avant de se remettre à marcher, observaient un moment de silence, immobiles, et des yeux, lentement, latéralement, mesuraient l'ombre portée du soleil sur leur épaule gauche. Puis ils s'arrêtaient à intervalles réguliers que Conrad mesura de trois mille pas, et de nouveau, immobiles, l'ombre portée de leur tête leur redonnait la direction ».

Ce jour-là, Laure et Karpak auraient voulu croire à une nouvelle folie de la vieille. Un rêve. Un fait de son invention. Mais Luce s'était levée, et sur le bureau de Conrad, intouché, tel qu'au jour de son grand départ, il y avait la plaquette de la communication faite par son compagnon aux membres de l'Institut. Séance du 21 janvier 1935. « Nous n'avons plus de soleil sur cette ville » se mit à répéter Luce, « nous n'avons plus le sens des ombres qui donnent la direction, des ombres portées, fécondes. Je ne fais pas d'ombre. Non plus. J'aurais tant voulu avoir un enfant. Il m'aurait guidée. Maintenant, travaillez, travaillez vos voix, usez vos textes, usez d'eux, faites-en n'importe quoi. Parfois, la nuit, j'appelle Conrad. Mais il ne fait plus soleil dans mes rêves. » Luce ricanait pour ne pas pleurer. Laure et Karpak l'avaient reconduite jusqu'au fauteuil. La pluie avait cessé. Il y avait un arc-en-ciel entre la tour Eiffel et le

Panthéon. « C'est bon signe » avait murmuré Luce, « nous allons sortir ! Je vous invite à dîner. J'ai terriblement faim. Un pot-au-feu. Conrad aimait le pot-au-feu. Ton père, Laure, n'a jamais eu faim de rien. Ni de personne. »

Quelqu'un entra dans le compartiment. Karpak oublia le ciel et Luce. Une fois encore, il venait de vivre ce qu'il ne pouvait jamais faire entrer dans un de ses romans. Luce, ce jour-là, lui avait appris à aimer et à goûter. Laure, ce jour-là, avait trouvé sa voie. Le petit couple était brisé. Karpak venait de se rendre compte qu'il était assis sur une branche morte.

XII

NOËLLIE

FRÉJUS. Samedi. Midi. Les arbustes de haie qui entourent le petit pavillon de l'avenue René Coty ne sont plus entretenus et ont poussé, depuis tant d'années, depuis la mort du père ? depuis les dix-sept ans de Pierre ? que Noëllie Lascaille, épouse Breillard, se sent coupée du monde. Depuis quelques mois, elle n'a plus de nouvelles de Laure, de Pierre, et peu de Simon, brèves conversations au téléphone comme s'il cachait un tourment. Jamais il ne laissait à sa mère le temps de poser les questions de son rôle. Et c'était pis lorsqu'il appelait. Noëllie se sentait encore plus interdite de parole qu'en jours ordinaires, semaines, mois, si son fils oubliait de lui faire signe.

L'accordeur du piano est arrivé vers onze heures du matin. Il est aveugle. Canne blanche et chien de compagnie. Lui non plus n'est pas venu depuis longtemps. En entrant dans le jardinet, il a dit à Noëllie « fallait pas vous inquiéter madame Breillard, je retrouve toujours mon chemin. Et si je m'en écarte, Niji me rappelle à l'ordre ». Niji. Diminutif de Nijinski. Chien-loup. Noëllie a préparé un bol d'eau pour lui, sur le perron. Et monsieur Zinnemann, avant d'entrer dans la maison, a dit « les arbres ont grandi autour de chez vous. Il n'y a plus le bruit d'avant ». Noëllie impressionnée, a voulu le conduire jusqu'au salon « non, non, je me souviens très bien. Rien n'a changé ». Noëllie a répété « rien n'a changé ».

Au premier étage, dans sa chambre, assise, près du lit, elle attend que monsieur Zinnemann ait terminé. Il faut le laisser seul. Une à une, chaque note, frappée, répétée jusqu'à l'accord, une présence, dans la maison, et pour un dièse, *fa* dièse, ou pour un bémol, *si* bémol, le souvenir d'une sonate, d'un impromptu ou d'une romance. Pour un peu, Noëllie chantonnerait. Mais il ne faut pas déranger. Et les souvenirs sont bien ainsi, cantonnés dans une mémoire. Un trio, le père, la mère et Simon.

Sur les genoux de Noëllie un album. Des photos. Les photos du mariage. Voici encore pour la surprendre car, depuis dix ans au moins, jamais le désir de revoir les visages de ce jour-là ne lui était venu, ne l'avait saisie. La salle d'attente de la mairie du IXe arrondissement, Laure et Simon devant le préposé aux mariages, madame Duverger en train de signer le registre, Simon embrassant Laure, Laure embrassant son père, et Simon l'embrassant, elle, Noëllie, petite fiancée trahie, résignée, de ce jour-là. Les photos ne sont pas très réussies, mais le père y tenait puisqu'il les avait prises, comme des documents historiques, leur histoire, la fin de leur histoire, le mariage du fils.

De toutes les photos, Noëllie préfère celle du repas au restaurant *Le Petit Riche*. Le maître d'hôtel l'avait prise au dessert, à la demande générale. Tout le monde y est réuni ; tous les six, pères, mères et enfants. Noëllie prend une loupe, se penche et, un à un, interroge les visages de chacun, les regards tournés vers l'objectif et l'inconnu qui leur dit de sourire. Chacun alors dit la vérité de ce jour-là, comme une inquiétude, l'impression de n'avoir pas vécu la vie rêvée, la certitude que la tendresse, jusque dans la fidélité et le renoncement, n'effacerait jamais des regards le désir d'un autre destin. Même Laure. Même Simon. Le bonheur, quand il a des apparences, n'est-il donc qu'un perpétuel égarement ?

Noëllie ne veut pas de ces pensées-là. A la loupe, et de plus près encore, elle reprend la lecture des visages et des regards de cette photo de groupe. La seule. Puisqu'il n'y eut pas de baptême pour Pierre et que les parents Breillard ne revirent jamais les parents Duverger. Noëllie s'arrête au visage du père de Laure. Le juge. Ce qu'il avait raconté, après la photo, au moment du champagne. Son métier. Son expérience. Et ces étranges phrases lancées comme des maximes « c'est plus difficile de recevoir que de donner » ou « l'humanité ne se renouvelle pas, elle va ! » Puis des confidences « j'ai eu longtemps l'impression que mes collègues avaient de bien plus belles affaires que moi, jusqu'au jour où ils m'ont dit la même chose ». Et, pour cadeau de repas de noces, en exemple un meurtre passionnel qu'il avait instruit. Une fermière et un garçon de ferme avaient tué le mari. La ferme s'appelait la Joliette. Le juge riait presque de tout cela « quand je lis une de mes affaires dans le journal, je ne la reconnais pas. Dans ce cas-là, c'était devenu “ Les diaboliques de la Joliette ” ou “ La belle fermière de la Joliette et son valet passent aux aveux ”. Si vous les aviez vus ! Elle, souillon, difforme, pathétique. Et lui, retardé : un idiot. La ferme ? Une porcherie. Pourtant, le temps de l'instruction et le temps du procès, dans la presse, le couple était devenu le héros idéal de tant d'autres couples ». Et comme madame Duverger essayait de calmer son mari, celui-ci avait avoué « pourtant, le jour de la condamnation, vingt ans de réclusion et pour l'un et pour l'autre, dans le box des accusés, ils se sont regardés et il y avait vraiment de l'amour entre eux deux. A la reconstitution du crime, j'avais d'ailleurs, déjà, remarqué une qualité de sanglots dans leurs voix qui m'avait presque ému ». Grand silence autour de la table. Laure avait été la première à reprendre la parole « c'est la première fois que j'entends mon père faire des confidences sur son métier ». Le juge avait porté un toast « à nos enfants, qui nous ont volé une belle cérémonie ». Et comme, de nouveau, le silence s'installait, gêne de chacun, émotion de tous, le juge avait surenchéri. « Pour les faillites frauduleuses, ils partent tous pour l'étranger. Mais croyez-moi, je n'ai jamais eu à lancer de mandat d'arrêt international. Je sais où ils sont. Par les familles. Par les proches. Petit à petit. Je suis très patient. Un an, deux ans, trois ans au maximum. Et ils reviennent forcément. La force des racines. Le mal du pays. Je les vois s'asseoir, dans mon bureau. C'est plus juste. Vous ne trouvez pas, monsieur Breillard ? » Simon avait regardé son père. Noëllie avait pris la main de son mari, sous la table. Madame Duverger avait lancé « je n'aime pas que nous parlions de ça aujourd'hui ». Le juge avait levé son verre « alors, ne parlons plus, ne parlons jamais » et demandé aux Breillard « vous venez souvent à Paris ? » Noëllie avait murmuré « nous y venions, mais vous savez... » Le juge avait soupiré « oui, je sais... » Fin de repas. Fin de photo. Noëllie referme l'album. La Joliette et la force des racines. Tout cela, très précisément.

Arpèges, gammes, monsieur Zinnemann a presque terminé. Noëllie range l'album dans la bibliothèque, près du lit. Il y a aussi les romans de ce Karpak qui avait menacé d'écrire Laure et Simon, dans la loge, après la représentation des *Caprices de Marianne.* Simon des années plus tard avait offert le premier à sa mère « c'est pas mal, mais ce n'est pas nous ». Noëllie avait acheté fidèlement les suivants, jusqu'à *La Capte,* espoir secret d'en savoir plus sur son fils, autre savoir qu'un savoir de mère. Mais elle n'avait rien trouvé, puisé, reconnu. Et elle s'était dit que l'exclusion était le fait de toute maternité. Une délivrance pour Simon, une livrée à sa vie, et pour elle une plaie, comme un silence, se refermant sur elle-même, et elle dedans, dans son ventre. Le père avait collé les photos dans l'album, repris ses cours et poursuivi la rédaction de son texte de thèse de doctorat d'État sur « l'influence de l'administration romaine en basse Provence aux trois premiers siècles de notre ère ». Toute une vie sur ce sujet pour laisser un travail inachevé que Simon avait tenu, pour tout héritage, à emporter avec lui à Paris, laissant la jouissance du reste à sa mère.

« La jouissance du reste, vous comprenez cela monsieur Zinnemann ? » Le repas est frugal. Noëllie sait que son accordeur mange peu. Mais elle a préparé le gâteau aux pommes qu'il aime. Monsieur Zinnemann n'a pas répondu à la question posée. « Le gâteau est toujours aussi bon, madame. En venant chez vous, je me disais " pourvu qu'elle n'ait pas oublié ". Et me revoilà comblé. Rien d'autre ne compte. Vous allez redonner des cours ? » « Non. Je veux jouer pour moi toute seule. » « Alors, méfiez-vous des graves. Ils ne sont plus très stables. La table d'harmonie a souffert. » Noëllie a senti naître en elle comme un malaise « je sais » dit-elle, « je ferai attention ». Puis, en enveloppant le reste du gâteau dans un linge, « ce fut une belle matinée pour moi. J'ai retrouvé mon fils ». « Votre fils ? » « Oui, je l'ai retrouvé, d'une certaine manière. Et mon mari également. Nous étions là-haut. Tous les trois, et nous vous écoutions. »

Niji se redresse, lèche la main de monsieur Zinnemann qui se lève et reprend sa canne. Noëllie place le petit paquet sous le bras du vieil homme. « Je vous rapporterai le linge. » « Ne vous en donnez pas la peine. C'est une serviette de table et je ne reçois plus personne. J'ai mis l'argent dans votre poche. » « Je vous rapporterai le linge madame Breillard et vous me jouerez quelque chose. Préparez-vous. J'ai l'oreille fine. » Et au portail ils se sont quittés heureux du projet.

Dans la boîte aux lettres, *Le Provençal,* abonnement qu'elle renouvelle en souvenir du père. Matinée ravie. Rite distrait d'une habitude : Noëllie a l'impression de feuilleter le journal avec du retard. Dernière page. Nouvelles brèves. « Il se jette d'une falaise. Sargues (correspondant). La falaise de Crantac, si souvent chantée par les poètes a été, hier, le témoin... » Le nom de Hanssen. Jean Hanssen. Noëllie plie le journal, regarde le téléphone. Simon appellera. Elle se met au piano. Solfegietto de Bach. De mémoire. Elle ferme les yeux. Elle s'aveugle. Tout le monde est là. Tout recommence. Toujours.

XIII

PIERROT

PIERRE sort de l'eau, fait un rétablissement et s'assoit sur le rebord de la piscine, à côté de son père. Il secoue la tête, se frotte les bras « tu as froid ? » Simon répond « un peu ». « Tu te sens ridicule parce que c'est un maillot de location ? » « Il y a un peu de ça, également. » « Alors, c'est tout un peu ? Toujours tout un peu, Pa ? » Simon regarde la verrière, les rampes au néon, les deux étages de cabines, autour du bassin, les banquettes de carrelage blanc, les radiateurs sur lesquels traînent quelques serviettes multicolores, et l'eau du grand bain, émeraude, tiède : il a les pieds dedans. Pierre reprend son souffle, dodeline de la tête « bon ! Tu viens me voir. Je ne change rien à mon programme. Et c'est déjà tout un programme. Je t'emmène ? Tu ne te baignes pas. Je te pose des questions ? Tu ne réponds pas. Je te regarde ? J'ai l'impression que ça te gêne. Qu'est-ce que je peux faire pour toi ? » Simon répond calmement « rien de plus. Je ne te demande rien de plus ». Pierre se lève « alors réfléchis bien à ce que tu viens dire. Moi, de mon côté, je vais faire un petit effort de pensée. Au fond de l'eau ». Clin d'œil à son père. Il plonge.

Simon saute. Il fera aussi quelques longueurs de piscine. Comme son fils.

Un seul aller. Et un seul retour. Simon n'a pas mesuré son effort. Il est là, cramponné au rebord, sous le plongeoir. Il aurait tant voulu que Pierre le voie nager, mais quand Pierre refait surface, les yeux fermés, bouche grande ouverte, comme s'il voulait gober d'un coup tout l'air de la piscine, c'est pour replonger aussitôt. Dans l'eau, Simon se sent mieux. Caché. Habillé. Il avait oublié son corps. Il vient de le revoir, dans le regard de son fils, au sortir de la cabine, après s'être déshabillé. Pierre avait ri. Et ce n'était pas seulement à cause du maillot, trop grand, un peu usé, avec des élastiques distendus. C'était le corps, tout le corps, sans paysage et sans été, dans ce grand hall sonore. Il y avait eu également l'arrivée, le garçon responsable des cabines disant à Pierre « ensemble ? » et Pierre répondant « non. Séparés ». Simon nage jusqu'à l'échelle. Pierre surgit de l'eau « je t'aime bien, va, Pa ! Tu nages comme un chien ».

Contre un radiateur. Pierre a donné sa serviette à Simon « tu peux la garder ». Simon, bras croisés sur son buste, la tend sur ses épaules. Il se cache encore. Il a peur de se mettre à grelotter. Il ne voudrait pas se retrouver fils de son fils et il le voudrait si fort ! Pierre, lui, n'aime pas parler à son père comme son père lui parlait quand il était petit. Les deux hommes ne se disent rien. Le maître nageur passe devant eux. Il donne une leçon. Il regarde Pierre « pas d'entraînement aujourd'hui ? » « Non » murmure Pierre, « j'ai une réunion de famille. » « Une quoi ? »

Et comme Simon se tient à la fois présent, recueilli et muet, Pierre passe à l'aveu, cette monnaie d'essai « moi aussi j'ai mes petits problèmes.

Elle s'appelle Lilly. J'ai reçu une lettre d'elle, ce matin. Fini. Foutu. A la suivante. Mais je l'aimais. Je l'aimais bien. Pour un détail. C'est marrant comme on se fixe sur le détail d'un visage qu'on n'oublie jamais. Lilly avait une incisive plus courte que l'autre et ça lui donnait un sourire différent. J'y pensais tout le temps en la regardant. Je trouvais ça très attachant. Et j'en parle déjà à l'imparfait. C'est bien toi qui as dit un jour, à la maison, qu'il ne fallait aimer personne mais qu'il fallait être très attachant. C'est toi, n'est-ce pas ? » « Non. Karpak. C'est du Karpak. » « Qu'est-ce qu'il devient celui-là ? » « Continue. » « Et Katherine, avec un K, ma garde de nuit des dix derniers jours ? finie, foutue, le crouac-crouac généralisé au mille et unième stade. Elle a une carie. J'ai prévenu sa fille, ce matin. Ambulance, tout. Sa fille l'emmène chez le dentiste tout à l'heure. Katherine ne veut pas quitter la grande scène avec une carie. Ça ne te dit rien ? Ça ne te parle pas ? Au moment de la dernière piqûre, ce matin, elle m'a dit que le bonheur, le mot bonheur, était la contraction de bonne humeur. Elle m'a raconté qu'un jour, à un repas, sa fille parlait trop. Elle avait honte. Une sotte qui porte des jugements sur tout. Elle s'est levée de table, elle s'est approchée de sa fille et elle l'a mordue très fort à l'avant-bras. Puis elle a regagné sa place, en bout de table. Elle présidait. Sa fille criait " tu m'as mordue ! " " Maman m'a mordue ! " Autour de la table, personne ne faisait attention. Aucune réaction. Katherine m'a dit " personne n'écoute personne ". Je lui ai fait sa piqûre. Et vogue la galère. » Simon hésite « tu es... passé à la maison, il y a trois, quatre jours ? Tôt ? Le matin ? » « Oui, Pa. Et j'ai repris mon mouchoir. » Ils s'observent. « Quand donc cesseras-tu de m'appeler Pa ? » « Jamais, Pa. T'es un gosse. » « Et toi ? » « Moi ? » Pierre fait l'étonné. Il réfléchit « moi ? » Il regarde son père latéralement, expression d'orgueil ou de dégoût, il ne le sait pas lui-même « moi ? J'ai encore quelques illusions ». « Lesquelles ? » « Celles que tu as perdues. » « Ce n'est pas une reponse. » « A toi de parler. » Simon se tait. Pierre détale et plonge de nouveau.

Simon est allé s'asseoir sur la banquette, au fond, côté petit bain. Il guette Pierre, compte les longueurs de piscine. Il respire avec lui, plonge avec lui. Reprend son souffle avec lui. Simon n'a pas le souvenir d'avoir vu Pierre faire ses premiers pas. C'était avec Laure. Devant elle, pas avec lui. Pas devant lui. Il était descendu à Fréjus pour préparer l'examen d'entrée à l'E.N.A. Laure avait téléphoné « il a fait ses premiers pas. Deux. Puis trois. Quand tu reviendras, il galopera et tu seras reçu ». Une voix. Et dans tous ces souvenirs, pas l'ombre d'un reproche. Le temps, alors, passe sans donner aucune prise et rien ne touche la conscience. Une conscience sans ombre et sans reproche n'est plus. Pierre est revenu. Il dégouline, cheveux plaqués sur le front. Il souffle, penche la tête, de droite, de gauche « alors ? » Simon répond « alors, j'ai faim ».

A table. Un bistrot de l'avenue Daumesnil. Plat unique : rôti de veau coquillettes. Fromage. Dessert. La bouteille de rouge. Simon veut demander de l'eau. Pierre l'en empêche « c'est pas le genre de la maison. Tu te sens mieux ? » « Oui, un peu. » « Ça recommence, les un peu. » « As-tu des nouvelles de ta mère ? » « Non. Mais elle va revenir. Si Lilly me quitte, Laure revient. » « Comment peux-tu dire des choses pareilles ? » « Je les dis ! » Pierre croque un croûton de pain, remplit les deux verres, lève le sien. Simon trinque avec lui. Pierre regarde son père droit dans les yeux « et j'ai encore peur de toi. Cette peur ne me quittera jamais. C'est toi qui me fais parler ainsi. Bois. Que la tête te tourne. Tu parleras peut-être un peu. Un peu ! Ou alors, nous allons nous quitter, comme d'habitude. Très vite et très mal. Je t'admire et je ne sais plus pourquoi. Vous avez tous perdu la tête, depuis des mois. C'est le concert des grenouilles. Vous n'arrivez même pas à vous réjouir de ce que vous appelez le laxisme du nouveau gouvernement. Vous avez perdu deux fois ». Simon sourit. Ils mangent. Pierre essuie son assiette avec un bout de pain « tu sais, j'ai une image de vous, de vous deux, dans la tête. Les étés à Fréjus ou les étés à La Rochelle, sur la plage, vous me posiez devant vous, avec ma pelle et avec mon seau. Je regardais la mer. Vous étiez derrière moi. C'est la meilleure image que j'ai, de vous. La mer c'était vous. Et parfois, je courais vers elle. Je voulais la traverser. Un jour, tu m'as rattrapé. J'avais les pieds dans les vagues. Je ne savais pas encore nager. Tu m'as donné une claque. Et je t'ai vu devenir très pâle. Maintenant, je nage. Je vais d'un bout de la piscine à l'autre, c'est déjà ça. C'est ce que tu as voulu. Vous m'avez eu. Vous m'avez doublement eu. Juste avant que tu n'arrives, Laure m'a téléphoné d'Amiens. Elle rentre à Paris. Elle ne sait pas encore ce qu'elle va faire. Elle m'appelait de la gare. Elle venait de lire dans le journal l'annonce de la mort de Hanssen. Alors, je me suis dit que tu allais rappliquer. C'est ça, je me suis dit rappliquer. Et te voilà. Du fromage ? Encore un peu de vin ? J'ai eu une patiente, ce matin. Madame Madaoui. Son mari est asthmatique et alcoolique. Pour l'asthme, il lui faut un climat sec, sec, sec. Alors, son mari est allé ouvrir un débit de boissons au cœur du Hoggar. J'ai pensé à moi. J'ai pensé à toi. J'ai pensé à nous. Je ne sais pas si l'histoire est vraie. Je sais seulement que je l'ai écoutée. Tu n'as plus faim ? »

Dans la rue. Ils marchent « bon, Pa, on repart à zéro ! J'ai arrêté mes études de médecine parce que ça ne m'intéressait pas d'aller plus loin. Le diagnostic n'importe plus. Soulager les douleurs, redonner des forces ou aider les gens à passer, c'est la seule chose qui reste à faire. Etre infirmier suffit. Je n'ai pas d'autre ambition. A toi. Quinze-zéro. Tu jouais bien au tennis, avec Lucien Berthier, deux fois par semaine, le mardi et le vendredi. Il te battait. Tu le laissais gagner ? »

A un feu rouge. Défense de traverser. Simon a relevé le col de son imperméable et noué très fort la ceinture, les mains dans les poches. Sac en bandoulière, blouson ouvert, cache-col pendant, Pierre attend, à côté de son père, sur le rebord du trottoir, mains glissées dans les poches arrière de son jean. « Voilà, Pa : j'ai dit les noms qu'il fallait. A ta place. Hanssen ! Berthier ! Tu as parlé de Karpak. Il n'y a plus grand monde sur l'échiquier. La reine va revenir. Le fou va traverser. Tu n'as jamais vraiment quitté Fréjus. Et maman, elle, Poitiers. Vous n'êtes pas nés, de parents pas nés et moi je veux naître. Je ne veux même pas savoir quand tout a commencé. Nous sommes d'un clan qui depuis des générations a laissé l'histoire se faire sans elles. Nous étions sous anesthésie. Et maintenant, c'est sans anesthésie. Je donnerais jusqu'à ma peau pour que le nouveau pouvoir atteigne les consciences de chacun. Seulement voilà, ils ont tendance à vouloir plaire, comme ceux d'avant. Ça te fait sourire ? C'est trop dit ? Tu l'as lu ailleurs ? Moi, j'y crois. Comme aux pantoufles de Delacroix. Tu n'as qu'à aller au Louvre. Poussin, c'est la perfection de l'ensemble. Notre mesure. Nos ciels et nos paysages. Le véritable étonnement. Deux salles plus loin, tu passes à David, l'académie l'emporte. Des foules occupent l'espace. Plus de ciel, plus de paysage. Chacun pose. C'est l'ennui. Nous avons dû cesser d'être à cette époque-là. Puis Delacroix. Dans le gris du Louvre et derrière la crasse des toiles, regarde bien les pieds, les pas de chacun. Le trait des pantoufles et des sandales. Le mouvement. Il y a volonté de ne pas piétiner. La dernière fois que je suis allé au Louvre, je ne voyais plus que ça : les pantoufles de Delacroix. Ces détails-là nous sauvent. Nous ne constituons plus un modèle. Il n'y a que des inspirations, parfois. Rien d'épatant. Rien ne peut plus nous enfermer dans une histoire que nous n'avons plus vécue et dont tu as été le fonctionnaire. Trente-zéro. A toi ? » Le feu est passé au vert, au rouge, puis au vert de nouveau. Les gens traversaient dans les clous. Simon et Pierre ne bougeaient pas.

Par les petites rues, ils regagnent le cabinet de soins Pierre relève les messages du répondeur automatique. Il note les noms, les adresses, les numéros de téléphone. Quelqu'un a raccroché. Pierre regarde Simon « c'est peut-être Lilly ? » Puis « monsieur Breillard ? Ma mère est morte. Il y a une heure. Ce n'est donc pas la peine de venir ce soir. Mon frère et moi vous remercions beaucoup ». Et de nouveau, autre message « pardon, c'est encore moi. J'ai toujours peur que ces appareils ne fonctionnent pas. Donc ce n'est plus la peine de venir ce soir. Merci beaucoup ». Enfin, une voix acidulée « Pierre ? Vous êtes là ? Je suis sûre que vous m'écoutez. C'est Fanfan. Rappelez-moi, je vous en supplie. 806 69 48. C'est le nouveau téléphone. 806 69 48. Je vais mieux, je vous assure, je fais tout, tout, mais je... » Pierre appuie sur un bouton. Arrêt. Puis il remet la bande au départ et rebranche l'appareil. Il regarde sa montre « j'ai trois heures pour dormir. Tu me raccompagnes ? »

Dans la rue. Un vent froid se lève. Pierre prend un air amusé « et puis je rencontre beaucoup de monde ! Du passage. Beaucoup de passage ! Et on m'attend vraiment, à chaque fois. Il n'y a plus que cette importance-là. Prends-le comme tu veux : l'humain n'est pas né. Les premiers desseins ne sont même pas conçus. Vas-y ! Parle ! Dis-moi que je mélange tout et que je dis n'importe quoi. Ose dire que je suis désespéré. Je connais la tactique. Tout ce qui dit la vie est ainsi rejeté. Katherine est morte ? Coup d'éponge sur le tableau noir. Il y avait une carte de l'Europe, les horaires des trains Moscou-Paris, et la scène de tant de ballets qui firent scandale. Le scandale c'est de ne pas être ce que l'on est. Et de ne pas dire ce que l'on a besoin de dire. Et ce n'est pas un problème pour ceux qui évitent leurs vies et choisissent de raconter d'autres histoires que la leur, et surtout pas les histoires qui les ont touchés. Je sais que tu n'as fait que prévenir Lucien Berthier des dossiers que Hanssen avait réunis contre lui. A la demande d'un autre. Il y a toujours un autre. Je sais aussi qu'en ne lui parlant pas tout comme tu ne me parles pas, au lieu de le porter à ne donner qu'une importance relative à des accusations pas très bien fondées, tu l'as précipité. Je sais également que Hanssen pour mieux te tenir t'a pris avec lui. Et que tu te sentais heureux d'être le second parce que tu pouvais, chaque jour, contempler un coupable autre que toi ». « Arrête, Pierre. Je t'en prie. » « C'est tout ce que tu trouves à me dire ? Arrête ? Alors, quarante-zéro. Un jeu pour moi. A toi de servir. »

L'immeuble de la rue de Charonne. Le solex est devant la porte, cadenassé à un panneau d'interdiction de stationner. Pierre vérifie s'il n'a rien oublié dans les sacoches. Dans le caniveau, des petits bouts de carte postale. Le message de Karpak. Mais ça, Simon ne le saura jamais. Pierre et son père se regardent. Pierre murmure « je retire tout ce que j'ai dit. Tout. Je n'ai rien dit. Faut laisser à d'autres plus intelligents le soin de taire tout cela en faisant semblant de traiter le sujet.

On ne peut pas se quitter comme ça, Pa. Tu veux monter ? Monte. Mais je dormirai. Tu pourras lire. Réfléchir. Qui sait ? »

Dans le studio, Pierre décroche le téléphone, baisse le store de la fenêtre, se déshabille, se brosse les dents, et se jette sur le matelas, par terre. Il se glisse sous la couette, cale les oreillers derrière sa tête, pose sa montre à portée de la main et sourit à son père. « Tu me réveilles ? A six heures moins dix ? Après, j'ai deux heures de travail. Et on passera la soirée ensemble. A tout à l'heure. » Pierre ferme les yeux. Il a toujours dormi, ainsi, comme un gisant, bouche entrouverte. Simon retire son imperméable, s'agenouille près du matelas, tend la main. Il voudrait toucher le front de son fils. Il n'ose pas. A mi-voix « Pierrot ? » puis « Pierrot, tu m'entends ? » Pierre dort.

XIV

LUDOVIC

DEPUIS qu'il a pris son service dans cet hôpital de banlieue, le docteur Astc, Bernard, Sam, Samuel, Samuel Astelaze, et cette double identité lui convient et lui plaît, remarque, dans les couloirs, un homme en pyjama de l'assistance publique, un balai à la main et près de lui une pelle, un seau, un grand carré de laine pour lustrer. Les couloirs de l'hôpital sont impeccables. L'homme est toujours là, à un étage ou à un autre, en train de balayer, s'écartant au passage des malades, des médecins, des consultants, des infirmières ou des visiteurs, les classant à chaque fois d'un regard, selon le motif supposé de leur présence dans cet établissement.

Au début, Bernard n'a pas réellement prêté attention à cet homme. Ce n'était, pour lui, qu'un employé zélé, un peu mystérieux à le croiser, inquiet, donnant vaguement l'impression de redouter un reproche, de perdre une confiance. Puis, un jour, Bernard s'est dit que si l'homme portait un pyjama c'est qu'il était en traitement et donc, en principe, n'avait pas à travailler au nettoyage. Il a demandé son dossier. Berthaud, Ludovic. Né le : 28 janvier 1921. Marié. Deux enfants. Adresse : 2, avenue des Lierres, 78600 Maisons-Laffitte. Profession : commerçant. Entré le : 27 juillet 1975. Diagnostic : psychoses maniaco-dépressives. L'homme était là depuis bientôt sept ans et, désormais, dans les couloirs, peureux, attentif à bien accomplir sa tâche. Dans le dossier, plusieurs lettres recommandées adressées à son épouse par les précédents internes responsables du service et ils ne restaient jamais plus de six mois, petite valse. « Madame. Nous vous informons du fait que l'état de votre mari ne nécessitant plus de soins, il peut rentrer à son domicile et... », lettre de 1976. « Madame. Nous vous rappelons que l'état de votre mari étant jugé normal il conviendrait... », lettre de 1978. « Madame. Suite à nos précédents courriers, l'état de votre mari étant satisfaisant, il importe que celui-ci rentre chez lui et... », lettre de 1980. « Madame. L'état de votre mari ne justifiant plus l'hospitalisation, nous vous prions d'entrer le plus rapidement possible en contact avec notre assistante sociale, madame Cellard. Nous vous rappelons que nos établissements... », lettre de 1981. Bernard avait convoqué Ludovic Berthaud. Frayeur de l'homme assis sur le rebord de la chaise, grand, maigre, aux cheveux argentés, les yeux terriblement bleus, le regard chavirant. Bernard, par jeunesse, volonté de faire son travail, souci d'un ordre des choses et désir de rendre il ne savait trop quelle justice de parole, l'avait questionné. L'homme ne nécessitait plus de surveillance médicale. Il répétait invariablement « c'est très bien ici, monsieur le docteur » ou « ça m'intéresse de faire ce que je fais ». « Votre femme vous rend visite ? » « Au début, oui. » « Quand, au début ? » « Quand je suis entré, monsieur le docteur. » « Et depuis ? » « Je suis très bien ici, monsieur le docteur. »

Bernard avait failli renoncer, laisser l'homme à ses couloirs et à son balai. Mais il se sentait obligé de remplir un rôle. Il avait essayé d'en savoir plus « avez-vous envie de revoir votre maison ? Votre femme ? Vos enfants ? » « Oui... » « Alors pourquoi ne rentreriez-vous pas chez vous, le week-end prochain ? » « C'est trop tôt, monsieur le docteur. Il faudrait que je prévienne ma femme. » « Elle est prévenue. Depuis des années. » « Je suis très bien ici, monsieur le docteur. »

Bernard avait envoyé une lettre recommandée, de sa plume cette fois, et signée de son nom. L'autre nom. L'officiel. Le coupé. Le passe-partout. Pas celui des amours et des origines. Pas celui de sa famille qu'il rejetait parce qu'elle l'avait rejeté. Il prenait donc des décisions. Il décidait pour d'autres. Comme des revanches. Tout cela avait l'air de l'importance. La lettre était revenue, avec l'accusé de réception « refus de signer. Retour à l'expéditeur ». Bernard avait prévenu madame Cellard. Ils iraient ensemble, avec Ludovic Berthaud, au 2, avenue des Lierres, après les consultations de samedi. Bernard avait dit « ça ne peut plus durer. Nous en aurons le cœur net ». Madame Cellard, la voix enjouée et sèche, avait répondu, sans méchanceté, « pourquoi nous, docteur ? De toutes les façons, pour moi, c'est sur le chemin du retour ».

Samedi 20 février. Quinze heures. Bernard range son bureau, retire sa blouse, prend ses affaires et sort dans le couloir. Madame Cellard le rejoint. Le couloir du premier, du second, puis du troisième étage, Ludovic Berthaud se tient tout au fond du couloir du quatrième. Dans l'ombre. Le balai contre le mur. La pelle et le chiffon à lustrer dans le seau. Tout est propre. Rangé. Le lino reluit. Pas de poussière. C'est Bernard qui a pris Ludovic Berthaud par le bras « il faut vous changer, monsieur Berthaud. Vous avez préparé vos affaires ? » Dans une pièce aveugle du second étage, un lit qui prend toute la place, des vêtements bien rangés, un vieux sac à fermeture à glissière et, sur une chaise, un réveille-matin, un roman de Walter Scott et une carte postale représentant l'Etna. Ludovic Berthaud s'est habillé, pudiquement, en tournant le dos, derrière la porte entrouverte de son trou, son coin. Puis il est ressorti, sac à la main, sans rien de dit dans son regard. Dans l'escalier, une infirmière lui a lancé « tu t'en vas, Ludo ? » Madame Cellard lui a fait signe de se taire. L'infirmière a fait un geste évasif de la main. Devant l'hôpital, madame Cellard arrête Bernard. « Nous ne pouvons pas y aller dans votre voiture, docteur. Pour que ce soit parfaitement réglementaire, il faut prendre un taxi. Ou alors, une ambulance. Mais pas un véhicule personnel. Il y a des conventions à respecter. Des assurances à prendre. »

Dans le taxi, madame Cellard se place à l'avant, à côte du chauffeur qui marmonne « faudra me payer le retour ». Bernard, à l'arrière, à côté de Ludovic Berthaud, répond « je rentrerai avec vous, si vous pouvez m'attendre quelques minutes ». « Je n'attends jamais. Les minutes, ça dure des heures. » « Tant pis. Merci. Allons. » Banlieue, direction Paris, le périphérique Nord, la Défense, et de nouveau la banlieue, dans l'autre sens, une impression de traversée du monde. Madame Cellard se tient bien droite, muette, et certainement ravie. Elle a de l'expérience. Ludovic Berthaud, sac sur les genoux, mains croisées, à plat, sur le sac, donne l'impression de ne plus rien voir. A un feu rouge, le chauffeur de taxi consulte un plan afin de trouver l'avenue des Lierres.

Un petit immeuble en briques entre un hangar et une usine de rubans adhésifs. Bernard paie. Le taxi s'en va. Dans le couloir d'entrée, sur une boîte aux lettres, « Madame Berthaud 5e gauche ». Ludovic Berthaud a l'air étranger, comme s'il n'était jamais entré là. Bernard fait signe à madame Cellard de s'occuper de lui. Il passe devant eux, grimpe les cinq étages. Porte gauche. Il tend l'oreille. Une musique, un bruit de radio. Les deux autres arrivent. Bernard sonne. « Qui est là ? » « Le docteur Aste, madame. C'est pour votre mari. » La porte s'ouvre. Une femme très brune, en robe mauve. Un parfum de pain d'épice. Comme une bouffée d'Orient. Un sentiment fatal. « Madame Berthaud ? » « Oui... » Ludovic et elle se regardent. Madame Cellard se tient à l'écart comme un témoin obligé. « Madame, nous vous avons écrit de nombreuses fois, depuis des années. Il n'y a aucune raison pour que votre mari reste à la charge de notre établissement. » Madame Berthaud regarde Bernard « très bien », elle fait deux pas sur le palier « merci ! » elle prend son mari par la main, le fait entrer dans l'appartement « je le reprends ! » et elle claque la porte. Bernard est resté un instant immobile devant la porte fermée, penaud, n'osant pas se retourner et croiser le regard de madame Cellard. Puis madame Cellard s'est mise à descendre l'escalier « ne restez pas là. Dans une certaine mesure, vous avez de la chance ».

Devant l'immeuble, ils se sont quittés « vous savez, docteur, ce que vous venez de faire, je dis bien vous, on le fait au début, une fois, et puis après plus jamais. Je dis bien on. Moi aussi, j'y ai cru ». Puis « j'ai un autobus un peu plus loin. La gare est par là, de l'autre côté. C'est un peu compliqué. Il y en a pour une heure vingt, environ. Mais on s'y fait. Je dis bien on. Je le fais bien chaque matin et chaque soir. Bon dimanche. Et à lundi ».

Au bout de l'avenue des Lierres, une dernière

fois, Bernard se retourne et regarde l'immeuble, le cinquième étage, les deux fenêtres, rideaux tirés, voilages avec volants. Puis, à la gare, il achète son ticket « Paris, aller simple, s'il vous plaît ». Et un quotidien. Sur le quai, en attendant le train, il ouvre le journal à la rubrique nécrologique qu'il ne regarde jamais, aucune raison, et, pourtant : « Les familles Hanssen, Dolaval, Martin, Proux de Lescure, Santi et Lussac ont la douleur d'annoncer le décès de Jean HANSSEN, Conseiller honoraire à la Cour des Comptes, Officier de la Légion d'honneur, mort accidentellement le 19 février en sa quarante- neuvième année. La levée du corps aura lieu le lundi 22 février dans la plus stricte intimité familiale, à Crantac (Alpes-de-Haute- Provence). Ni fleurs ni couronnes. Cet avis tient lieu de faire- part. »

Dans le train, Bernard serre le journal contre lui. Ni peine ni tristesse. Seulement le mot « accidentellement », et le dernier regard que Ludovic Berthaud lui a adressé alors que sa femme le tirait par la main. Beau travail. Belle journée. Porte claquée. Un mort. Bernard regarde les autres voyageurs et se dit que la multiplication des histoires est impossible. Tant vivre et ne rien dire. Faire semblant de ne rien voir. Ou alors mentir. Distraire. Épater. Pourquoi ? Ou encore, se rendre rare, faire semblant de partir pour un pire revenir. Pourtant, tout le monde voyage ensemble, trajets, tickets, allers simples ou pas simples, itinéraires et rêves ensevelis que les affiches en bordure de voie n'égaient pas. Ce n'est même plus le temps séduisant des publicités. Et Bernard s'entend appeler « Sam », tard dans la nuit, au téléphone, si souvent depuis le séjour de fin d'année. A chaque fois, Bernard avait écouté Jean, sans amour, vaguement flatté parce que quelqu'un l'appelait à un secours, mais aussi indifférent à l'autre, aimant, parce qu'il ne l'aimait pas vraiment, parce qu'il ne s'était senti perdu, pour lui, avec lui, que le temps de découvrir que Jean, comme les autres, ne lui renverrait jamais l'image idéale de lui qu'il souhaitait.

Gare Saint-Lazare. Des couloirs. Le R.E.R. Des halls de marbre. Un autre train. D'autres voyageurs. « Accidentellement. » La dernière fois, au milieu de la nuit, il y a quelques jours, « Sam... pardon, c'est Jean. Sam ? » Bernard avait raccroché. Et comme le téléphone s'était remis à sonner, il l'avait décroché. Peut-être parce que Jean avait dit « pardon ». Tout devrait changer à cette douleur-là. Tout devrait être reconsidéré à ce geste-là. Tout commence là, l'humain ou le massacre. Et plus souvent le massacre. Ordinaire. La copie. L'esquive. Bernard a le sentiment de n'avoir jamais aimé que pour être quitté, ou quitter, reprochant à l'autre, avant même de le connaître, de ne pas être lui, identique, reflet parfait.

De la gare du R.E.R. à l'hôpital, Bernard marche. Embouteillages. Les gens font leur marché du samedi. Il a raccroché, puis il a décroché. Il voit la falaise. Que fait Ludovic chez lui ? Et madame Cellard ? A l'hôpital, dans le couloir du quatrième étage, plus de balai, plus de seau, plus de pelle. Il y a déjà des traces de pas sur le lino. Bernard appelle Karpak. Ça ne répond pas. Un vieux numéro ? Dans l'annuaire, il cherche à la lettre B, Breillard, quai de New-York. Il compose le numéro. Une femme lui répond. « Mon mari n'est pas là. Je peux lui faire une commission ? » « Non. Non... Mais à quelle heure rentrera-t-il ? » « Je ne peux pas vous le dire. Je rentre moi-même de voyage. »

XV

ANDRZEJ

« SAMEDI. Dix-sept heures. Mon Pierre. J'ai été tenté de te caresser le front. Plusieurs fois, j'ai esquissé le geste, mais je me suis arrêté afin de ne pas te ravir à ce sommeil que tu gagnes et que j'ai perdu pour d'évidentes raisons que tu as eu beau jeu de me rappeler. Ne lis aucune ironie de ma part dans ce " beau jeu ". Voici donc que je suis venu vers toi. Tu m'as parlé. Et je n'ai pas su ou pu repondre. Maintenant, à côté de toi, au lieu de lire en attendant ton réveil, je t'écris. C'est bien dérisoire. Nous nous inventons toutes sortes de procurations. La procuration par le texte étant la principale. Je suis sûr que tu ne m'as pas dit l'essentiel de ce que tu voulais me dire. Je sais, aussi, que pour te répondre il me faut ce papier et cette encre, comme si toute parole échangée, désormais, faisait courir je ne sais trop quel danger de vérité et de constat. Il me plaît également de penser que tu pourrais te réveiller alors que je t'écris, me prendre en quelque sorte en flagrant délit, et interrompre cette lettre que je désire poser à côté de ton lit, sous le réveille-matin qui sonnera très précisément dans cinquante minutes, comme tu me l'as demandé, et m'en aller. Il y a une lâcheté à répondre par écrit, à se sauver pour ne pas être là quand tu liras ces lignes et à espérer enfin que tu viendras dîner avec moi, aux Mille Colonnes, à vingt heures trente. Je t'attendrai au comptoir. Voici ce que j'ai besoin de t'écrire : ce n'est pas vraiment une histoire qu'un père peut raconter à un fils, surtout s'il n'a toujours pas conscience d'être le père de son fils, parce que tout simplement il n'a pas grandi.

« Alors que tu me parlais, à la piscine, au restaurant, puis dans la rue, je me suis souvenu d'une pomme rouge. D'une magnifique pomme rouge. Une pomme qui m'a valu des coups. Des coups qui ont fait de moi quelqu'un qui se tait. Et ce n'est pas facile de retrouver un tel souvenir et d'accepter de le laisser parler, de lui laisser dire ce qu'il a tu, terré dans la mémoire, plus de quarante ans. Je dirais, pour rire, et ce n'est pas drôle, je t'ai connu plus gai qu'aujourd'hui, qu'il s'agit de ma hache de guerre, une guerre dont je fus le vaincu.

« J'avais sept ans. J'étais fier de mon âge. Ta grand-mère disait que c'était l'âge de raison. J'avais été invité à un baptême. Sur une table, dans un jardin, il y avait un buffet. Je n'avais jamais vu tant de nourriture rassemblée, et tant de gens, debout, autour, qui picoraient, bavardaient, riaient. Les dames avaient des chapeaux. Les enfants ne se parlaient surtout pas. J'attendais que tes grands-parents me ramènent chez moi. Une seule chose me fascinait : un panier plein de pommes rouges. J'aurais voulu en prendre une mais je n'osais pas. Pour la toucher, pas pour la manger.

« Ce n'eût été qu'une histoire sans suite, qu'un souvenir coloré. Mais le lendemain, en rentrant de l'école, avec deux garçons dont j'ai oublié les prénoms, et un troisième, fils d'émigrés polonais, qui s'appelait Andrzej, alors que d'ordinaire je ne disais jamais rien, un peu timide, habitué à m'effacer, ç'avait été plus fort que moi : il fallait que je parle de cette pomme rouge que j'aurais voulu prendre. J'ai raconté que j'étais allé à une fête et que j'avais mangé une pomme, une pomme ! Belle, et bonne ! Je mentais. Ils l'ont senti. Et comme je me savais coupable de mensonge, au lieu de m'arrêter, de les quitter, de rentrer seul chez moi, j'ai voulu les convaincre. Et pour ce faire, j'ai décrit la pomme rouge. Or, plus je parlais d'elle, plus elle devenait énorme, énorme. Andrzej m'a dit “ grande comment ? ” Cartable entre les pieds, arrêté, au milieu du trottoir, j'ai commencé à faire des gestes de plus en plus larges. Andrzej était le chahuteur et le casse-cou de la classe. Les deux autres riaient. J'avais une pomme d'une tonne dans les bras et plus personne pour me croire. Brusquement, Andrzej a crié “ menteur ! ” et il m'a envoyé un coup de poing dans l'œil gauche. Je suis tombé. Ça saignait. Ils sont partis. Après, c'est une histoire de pharmacie et de mère affolée qui vient rechercher son enfant. Ce n'est pas ça l'important.

« L'important, Pierre, c'est que Simon, ton père, n'a jamais osé raconter aucune autre histoire. J'ai eu un bandeau sur l'œil, pendant quinze jours. Je ne fus donc une victime et un héros que pendant ces quinze jours-là. Je n'ai pas dénoncé Andrzej. Et, gravité de ce que je t'écris, j'ai toujours, depuis, inconsciemment, violemment, avec opiniâtreté, regretté de ne pas l'avoir fait. J'aurais peut-être, ensuite, osé raconter les histoires de ma vie, vivre ma vie. Une pomme oubliée ! Cette histoire, j'ai forcé d'autres à la raconter. Surtout lors de l'affaire Berthier. J'ai retrouvé Andrzej partout. Il est Karpak. Il fut Hanssen. Bien sûr, Laure ne connaît pas cette histoire. Je ne l'avais pas en mémoire. Et même si je l'avais eue, je ne la lui aurais pas livrée de peur de rompre le charme de notre union. Oui, le charme. Tant de choses que ta mère et moi ne nous disions pas l'un de l'autre, tout simplement parce que nous devions faire du chemin ensemble, pour toi, le plus longtemps possible. Tu peux te retourner. Nous sommes derrière toi, sur la plage. Nous t'aimons. Nous t'aimons plus que nous ne nous aimons. Voici. Cette histoire, tu viens de me la rendre, aujourd'hui. Je t'écoutais parler, et je voyais la pomme grandir, grandir. Depuis, je n'ai peut-être fait qu'essayer de prendre une revanche. Mais je m'y suis mal pris. Je suis incapable de cynisme, ce cynisme que je regrette jusque dans la beauté parfois exprimée à outrance par l'art. La beauté volontairement esthétique. J'irai voir les tableaux de Delacroix. Je croyais les avoir vus.

« Je t'attendrai, tout à l'heure, comme à un premier rendez-vous. Je t'embrasse. Simon. »

XVI

LAPSUS

CRANTAC. Samedi. Dix-neuf heures. Le corps de Jean Hanssen a été mis en bière. Le cercueil a été placé dans l'entrée pour plus de facilité le lundi. Pierre Hanssen vient de refermer les volets de la maison. Sophie est assise, au bureau de Jean. Les deux autres sœurs n'arriveront que le lendemain, en fin de matinée. Pierre a retenu des chambres dans une auberge de la vallée parce que Sophie ne voulait pas « dormir sous le même toit qu'un mort ». Ils ont rendez-vous, chez le notaire, tous ensemble, le lundi, après le cimetière. Pierre s'approche de Sophie « qu'est-ce que tu fais ? » « Je pille. C'est son journal ! » Des pages comme des lettres. Des dates. Récentes. Les derniers jours. Sophie tend une première feuille à son frère « tu le connaissais, ce garçon, que Jean fréquentait ? » « Karpak nous en parlera peut-être ? » « Tu as prévenu quelqu'un d'autre ? » « Non. Tout doit se passer entre nous. » Pierre lit. Une à une, Sophie lui passe les pages.

« Le 4 février. Pour Sam.
« Je t'ai souvent écrit. Surtout ces derniers mois. Des lettres dont je savais que je ne te les enverrais pas. Peut-être parce que ne les écrivant plus

vraiment pour moi elles n'étaient pas également, à égalité de sentiment, destinées à toi personnellement, à toi précisément, quelqu'un dans ma vie, avec qui j'ai trébuché et qui a trébuché avec moi, quelques mois, jusqu'au pire. Et le pire c'est l'ordinaire et le banal des jalousies, de la rupture. Scénario habituel. Des années plus tard, nous nous sommes revus. Nous allons peut-être enfin nous rencontrer. Il y a donc eu rupture avant rencontre. »

« Le 5 février. Pour Sam.
« La lettre, c'est le roman à l'état naissant quand personne ni rien encore ne lui dicte d'être autre chose qu'un message pour l'autre, une autre, un autre. La lettre, c'est le tout début d'un couple qui ne sera jamais annoncé comme tel, hors du secret d'une lecture, et désigné ainsi par d'autres. Les autres. Celles et ceux-là qui veulent enfermer une rencontre dans une définition. Non. Tu le sais. Je t'en ai souvent parlé. Je parle trop. Et toi peu. Tu ne réponds pas. Ou bien si tu m'écris, je ne te réponds pas. Pourquoi avons-nous si fort peur de nous donner ? La nuit dernière, je ne dormais pas. Seul, dans cette maison, j'écoutais le silence des arbres, de la terre et du roc. Il me tenait compagnie. Dangereuse et immense étreinte. Je me suis levé. Dans la grand-pièce, j'ai rallumé le feu qui veillait. Je l'ai regardé. Je n'avais pas froid. Je n'ai pas froid. Il faut simplement que je t'écrive tout plein de romans à l'état naissant, des lettres dans lesquelles je veillerai à l'essentiel. Sur un papier, j'ai noté “ fragile est le projet. Célibataire est le sujet ”. Ne cherche pas à comprendre tout de suite. Seul le mensonge est immédiatement compréhensible. »

« Pour Sam. Roman de lui.
« Les jours feront les chapitres. La vie n'est pas montée comme un film. Même si nous la vivons

comme la vie dans les films. Jamais notre vie. Ou si peu. Ou de moins en moins. Ce que le cinéma a ravi au roman, ce roman de toi que je voudrais pouvoir tenter le reprendra au cinéma : l'art de projeter soi-même, à volonté, se jeter, plonger, faire un bout de chemin, ensemble. L'un ne faisant que parler, l'autre écoutant. Et celui qui parle, parle parce qu'il a écouté. Ecouter est la première manière de parler. Je parlais déjà avant de savoir dire papa ou maman. Peu importe de savoir lequel des deux j'ai nommé en premier. Je parlais avant. Et depuis je parle ce que je tais. Les dates de chaque jour feront le montage, continu, un temps, de ce roman à deux, comme si un roman pouvait être une autre histoire qu'une histoire à deux, ce que le film n'est plus ou ne fut jamais, illusion des titres et génériques et sanction des mots « fin », « the end », « un happy ending. » Suppression de l'appareil de projection. Peut-être, alors, diras-tu que moi aussi je t'impose le début et la fin de ces pages. Je te répondrai que tu as raison. Ne retiens, s'il te plait, que la proposition souvenir. Un homme chantait, à Grenade. Un gitan. Il n'y avait pas de touristes. C'était l'hiver. Il chantait pour chanter. Son chant était gai « tengo una pena, una pena, que si esta pena me dura, ya me pueden preparar la caja y la sepultura ». J'ai une peine, une peine, que si cette peine me dure, on peut me préparer le cercueil et la sépulture. Mais « caja » c'est plus beau que cercueil. C'est plus simplement la caisse. La vraie fin du film et la véritable rupture. La vie ne serait donc entre « papa », « maman » et la « caja » que le savoir vivre ses peines en les chantant. Et le bonheur, lui, que la volonté de vivre la vie que l'on vit et non pas, non plus, de moins en moins et si cela était possible, un jour plus du tout, celle que tout nous montre et nous désigne comme heureuse. »

« Pour Sam. Note.
« J'ai entendu, lors de ma dernière semaine passée à Paris, un directeur de théâtre dire à un comédien qu'il devait engager et qu'il n'engageait plus " c'est parce que je n'ai qu'une parole que je la reprends ". Nous sommes tous directeurs de théâtre. Chacune, chacun, toi, moi, à la fois le théâtre et la troupe, la salle et la scène, le texte et la représentation. J'ai cru d'abord à un bon mot. Puis, cela m'est resté en mémoire. »

« Pour Sam. Note.
« J'ai vu, lors de ma dernière semaine passée à Paris, un vieux poète dont on dit qu'il est le plus grand de nos poètes vivants, tenir dans sa main son dentier. J'ai empêché des photographes de faire leurs clichés. Ce soir, pourtant, je fais ce que je les empêchais de faire. C'était une fête. Un souper officiel. Chacun, sans doute, se demandait ce qu'il faisait là et j'avais été placé face au vieillard qui tenait son dentier comme une offrande. Il a refusé tous les plats, y compris ceux qu'on avait préparés spécialement pour lui. Une dame, auteur dramatique, à sa droite, lui demanda de signer son menu. Une dame, agent de comédien, à sa gauche, lui demanda de signer son menu. Il ne fit que signer les menus qui, de main en main, venaient de la tablée. A chaque fois il écrivait des phrases. De longues phrases. Jamais les mêmes. Comme des lettres. Alors, je lui ai adressé un petit mot. Bref. Maladroit. Et je le lui ai donné avec une fleur du bouquet qui nous séparait. Il s'est penché vers moi pour me parler mais le bruit de la fête couvrait le son de sa voix, fine, lointaine. J'ai simplement recueilli ceci " je n'aime que la gentillesse des êtres dont on ne parle pas ". Première et dernière rencontre. Il a demandé un taxi. Et comme il était sur la banquette, c'est toute la table qu'il a fallu briser, écarter, nappes froissées, afin de le laisser passer.

Dans sa main droite il tenait son dentier et dans sa main gauche le petit mot et la fleur. Place vide. Recueillement. La fête continue. Non, la fête ne continue pas. Je t'ai lu un poème de lui, un de nos premiers soirs. »

« Pour Sam. Note.
« Un ami revient d'une réunion de syndicat d'enseignants. Exceptionnellement, inquiet de l'actualité, il vient de parler. A la fin de la réunion, un de ses collègues s'approche de lui, l'approche du reproche, tout était déjà dit dans le pas et le regard " tu n'as pas le droit de dire je, on dit on ". Voilà. C'est noté. Pour toi. Un signe pour tes années à venir. Le coupable, c'est l'humain quand il ose dire je. »

« Sam endormi.
« Je n'ai eu de goût de toi que lorsque tu dormais. Je t'observais. Je ne faisais que t'observer. Je ne pouvais pas dormir parce que tu étais là. Je te goûtais. Pleinement. Je n'osais pas bouger. Je voulais te goûter, longuement. Quand je t'appelle, la nuit, tu me réponds, obligé. Je te dérange. Notre histoire n'aura donc été qu'une affaire entre moi et moi. Ces choses-là n'arrivent que dans la vie. Minuit. J'écris. Fragile est le projet, célibataire est le sujet. »

« Le 6 février. Visite de Marc D. et de son chien.
« Son chien s'appelle Lapsus. Il est aveugle d'un œil et presque de l'autre. La cataracte. Marc me dit " si on l'opérait, il faudrait lui mettre des lunettes ". Lapsus. Cocker. Six ans. Il joue. Il est attiré par les routes. Il se dirige toujours vers elles. Il faut continuellement faire attention à lui. Il aime qu'on fasse attention à lui. Alors il va vers les routes. " Tu as déjà vu un chien avec des lunettes ? " Marc ajoute " à qui penses-tu ? "

« Lu, dans un journal, lors de ma dernière semaine passée à Paris, “ le fascisme vient aussi de gauche et cela s'appelle le communisme, je n'y peux rien, moi ”. Le style, c'est le “ je n'y peux rien, moi ”. Sur la photo du philosophe, en marge, mise en scène subtile, visage sorti de l'ombre, présence d'une main, le regard droit, l'homme est pensif, désenchanté. Sous la photo, un trait de ce dauphin de l'ombre “ mon seul problème est de savoir où est la vérité ”. Quel autre problème, jamais ? Et quelle autre histoire ?

« Lu également, dans un autre journal, “ la culture européenne n'existe pas. S'il y a unité de l'Europe, c'est l'unité de l'idéologie de la marchandise. Mais cette unité n'est pas une culture, justement parce que la marchandise c'est la négation de la culture ”. Lis des journaux, Sam, chaque jour, pendant quelques jours, de toutes plumes et de toutes encres. Lis nos journaux, ce qui se dit, chaque jour, et tu verras, ça tanguera vite : nous ne nous aimons pas. Nous n'aimons pas ce que nous vivons. Nous n'aimons plus ce que nous avons vécu. Ce n'est pas cela l'humilité, ou le doute, ou la considérable incertitude. Voilà ce qui nous sépare. Voici, chaque jour, ce qui nous a séparés. Et toi, et moi, jamais nous. Si ça chante, un peu, à ces lignes, tant mieux. Un moraliste poignardé ne meurt pas. Ou s'il meurt, c'est que sa morale ne répondait plus à une demande d'emploi, à un emploi du temps. Cette nuit, je t'ai appelé. Tu as raccroché. Je t'ai rappelé. Tu avais décroché. C'est ton droit.

« Histoire. Une sortie. Pour Sam. Lors de ma dernière semaine à Paris. Elle m'a demandé de “ passer la prendre ”, chez elle. Nous allons au théâtre. Elle tarde. “ Assieds-toi. ” Je reste debout. “ Sers-toi à boire. ” Je ne bois pas. “ Nous avons le temps, tu sais. ” Or, j'aime arriver en avance. J'ai besoin de sentir la salle se remplir. Partout, j'ai besoin d'arriver avant ceux qui vont partir avec moi, en voyage, en spectacle ou en réunion d'amis. Et là, chez elle, je n'aime pas son chez-elle, je ne peux vivre un décor de maison que chez moi, le mien, elle me dit encore, de la salle de bains où elle se prépare, “ comment trouves-tu mon appartement ? Depuis le temps que tu devais venir le voir ”. Je ne réponds pas. “ Tu m'entends ? Tu as vu la photo de Luc ? Dans la bibliothèque. ” Je ne dis rien. Photo en couleurs. Cadre d'argent. Luc, en tee-shirt, cheveux mouillés par la mer, cheveux séchés par le soleil, cheveux bouclés, un instantané d'après le bain, il sourit. Luc est mort, il y a trois ans. Il faisait de la voile un jour de grand vent, chapeau noir. On a retrouvé le bateau. Pas son corps. Luc était chirurgien, spécialiste de la hanche. Partout où il allait, il était rappelé d'urgence. Luc cachait ses mains sous les tables, dans les poches de ses pantalons, sous ses bras croisés. Il conduisait sa voiture en tenant le volant du bas, du bout des doigts. J'ai vu Luc écarter vivement une diseuse de bonne aventure, devant un cinéma, nous faisions la queue, elle, lui et moi. Elle, c'est Michèle. Tu l'auras reconnue. Tu ne l'aimais pas. Parce qu'elle savait que tu ne m'aimais pas. Sur la photo, Luc, bras croisés dans le dos, serre les poings. Cela se sait à son sourire. “ Suis presque prête ! ” Nous allons être en retard. Je m'approche de la salle de bain. Debout, visage renversé, un petit flacon à la main gauche, tirant une paupière puis l'autre de la main droite, elle se verse des gouttes dans les yeux. “ Ce sont des larmes ” dit-elle, bouche en l'air, trois gouttes dans l'œil gauche. “ Je n'avais plus de larmes ”, trois gouttes dans l'œil droit. Puis elle redresse la tête, recapuchonne le flacon, le pose au-dessus du lavabo, se tourne vers moi, les yeux remplis de larmes : elle rit. Un bel éclat. “ C'est comme ça. De l'eau salée. Des larmes artificielles. Quatre fois par jour. Isopto-larmes. En pharmacie. Et en vente libre. " Devant la photo de Luc, je l'ai aidée à enfiler son manteau de laine. Elle tricote la nuit. Elle ne dort plus. Luc souriait sur la photo. Je ne me souviens plus de la pièce. Ni du titre. Nous avons frôlé les spectateurs des strapontins, puis forcé à se lever ceux de presque toute une rangée. Le corps de Luc a été emporté au large, par des courants. Cette histoire est fausse. »

« Le 7 février. Un dimanche. Adieu à Sam.
« Marc et Lapsus sont repartis. La voiture était couverte de buée. Sur le pare-brise avant, j'ai écrit, de l'index de la main gauche, " à bientôt ". Et j'ai signé de mon prénom. En grand. Dans l'impossible texte de toi, il n'y aurait eu que des prénoms. Le nom enferme l'histoire du toujours naissant roman dans une distribution exclusive qui écarte l'autre. Sur la vitre arrière, j'ai écrit " merci ". Lapsus aboyait pour me dire au revoir. Marc s'est penché à la portière " cette histoire de larmes est fausse. Il faut que tu le dises. Laisse-le, à la fin ". Je ne peux pas regarder Lapsus dans les yeux. La nuit aveugle passe déjà dans son regard comme une éclipse. Une ombre qui se déplace. Je voudrais arrêter cela. En disant " cette histoire est fausse " j'arrête l'ombre, l'ombre portée de la séduction. Tu m'as séduit, Sam. Tu as éveillé en moi la peur d'être séduit. La vraie peur du séducteur. Je n'ose plus t'appeler. Ces lignes, dernière communication. »

« Lundi 8 février. Sam, c'est toi ?
« La nuit tombe vite. J'erre depuis des mois, coupé des plus proches, parce que je me coupe d'eux. Je suis couvert de coupures. Je me coupe même en me rasant, parce que je parle seul et qu'il ne faut pas parler, un rasoir à la main. J'erre, sans horaires. Il y avait des jours où je ne voyais que les nez des gens, et d'autres les

poteaux électriques et télégraphiques. Il y avait des jours où je ne voyais plus les visages mais les nez, rien que les nez, ou les oreilles, rien que les oreilles, ou les boutons, tout le monde avait des boutons. Il y avait des jours où je ne voyais plus les paysages mais les poteaux, rien que les poteaux, ou les routes, rien que les routes, ou des banlieues, des banlieues partout comme si je n'avais plus pu sortir des villes. Ce temps-là était drôle. C'était le temps des nez et des poteaux. Effets d'optique ou fatigue d'un temps qui ne se posait pas vraiment la question et les questions du temps. Nous devrions réapprendre à parler. »

Sophie observe son frère Pierre. Dernière page. Pierre lui demande « c'est tout ? » « En fouillant, peut-être... » « Qu'est-ce qu'on va faire de tout ça ? » « On le brûle ? » Sophie se lève, s'approche de la cheminée, prend les pinces et remet en place les bûches dans le feu qui reprend, jeu de flammes. Pierre murmure « non, demain. De toutes les façons, nous ne savions rien de lui, nous ne saurons rien de lui ». Il se lève, « et je ne vais pas me mettre des larmes dans les yeux. Viens. J'ai faim. La dame de l'auberge nous attend avant huit heures ». « Et Karpak ? » « Il n'est pas du genre à se présenter la nuit. » « Pourquoi l'as-tu prévenu ? » « Il nous aidera à faire le tri. » Dans l'entrée, Pierre et Sophie sont passés devant le cercueil sans rien dire et sans même regarder. Pierre a fermé la porte à double tour. La lumière du dehors restera allumée toute la nuit. Dans la voiture, Sophie murmure « Michèle, tu la connaissais ? Et ce chirurgien ? » Pierre répond « la maison se vendra bien, au printemps. Malgré la crise ».

XVII

MARIE-JO

CAFE JUSTIN. Sargues. Samedi 20 février. Vingt heures. Karpak a pris une chambre à l'hôtel de la Rose d'Or. Il s'est douché, rasé. Il a mis une chemise propre, et il est sorti comme un voleur, le voleur de la ville. Il est allé vérifier si la voiture de location était bien fermée. Il a marché le long de la Capte puis, par une ruelle, il est entré dans le vieux quartier. Derrière le cinéma Familia, il a reconnu l'immeuble. La porte était entrouverte. Il n'y avait plus de boîte aux lettres au nom de Mathias Veretti. Il est alors redescendu vers la place de la sous-préfecture. Dans la vitrine de la librairie, il a vu son roman, en pile, et sa photo sur une affichette. Une photo de Michèle qui lui avait dit, le jour de la prise de vue, « souriez un peu. Vous avez toujours l'air lugubre ». Karpak avait répondu à voix basse « c'est l'objectif » mais Michèle n'avait pas écouté et, comme elle semblait attendre de lui un rayonnement, il s'était appliqué, en pensant à Luc, à lui offrir un sourire éclatant. Michèle avait dit « bravo ! » puis « vous voyez que vous pouvez ». Michèle lui avait ensuite expliqué « les photos volent l'âme. Quand vous quittez une pièce, vous laissez de la matière derrière vous. C'est cette matière que je veux. Et

Jean a dû vous prévenir : je ne recadre pas, je ne filtre pas, je ne retouche pas. La photo que vous aurez, ce sera très exactement comme je vous aurai vu ». Et sur la photo ç'avait été un autre, son autre, Luc, et pas lui, pas Karpak. Michèle avait un studio de photographie, rue de Londres. Quand elle lui avait donné son adresse professionnelle, Karpak avait entendu « rue de l'Ombre ». Tout cela est dans la photo, sur l'affichette, contre la porte de la librairie, et un seul le sait, lui. Image distribuée. Puis Karpak a traversé la place. Au café Justin, le chien Rex dormait près du juke-box. Karpak avait commandé un panaché. Deux femmes, habillées de noir, se parlaient à la table voisine, sanglées dans leurs manteaux, foulards noués autour du cou, inquiètes du sort de leurs sacs posés sur les chaises à côté d'elles, comme si elles avaient été quatre.

« Tu te rends compte » dit l'une, « toute sa vie, il aura été malade. Toute sa vie il s'est plaint. Nous l'avons toujours aidé. Il va mieux. Et il meurt ! » « Oh, tu sais » répondit l'autre, « on ne dit plus il est mort de vieillesse, mais il est mort guéri » puis « si j'avais su, pour devenir riche, j'aurais fait des études de pharmacienne ». « Pharmacienne ? Toi ? Je sais d'où tu viens et tu n'as pas avantage à dépasser les bornes. » « Tu ne peux pas tenir plus d'une journée sans être méchante ? » « Non, et encore ! Avec toi je bats mes records. Parce qu'on se voit rarement. Tu sais, après mon second, on m'a opérée du ventre. J'avais très mal, une nuit. Très, très mal. Je criais. L'infirmière a réveillé le médecin de garde, en urgence. Le type s'est approché de moi, pas content, parce qu'il était cinq ou six heures du matin, et il m'a dit, comme ça, comme s'il avait eu la rage, “ alors, vous avez vraiment mal ? ” Depuis, c'est plus fort que moi, je parle comme lui... »

Karpak décide de ne plus écouter. Il fixe son attention sur la musique de juke-box, sur le chien, sur les clients du comptoir. C'est l'hiver. Il se sent en vitrine, comme son roman, de l'autre côté de la place. A quoi bon écrire, transposer, transcrire, proposer, appeler, inscrire ? De quel partage s'agit-il ? A-t-il jamais eu lieu ? A Crantac, encore une fois, il ne fera que du nettoyage, pour les autres, outil de bonne conscience, de quoi remplir trois petites pages, et puis salut, bonsoir, adieu. Mathias est entré. Il n'a pas eu l'air surpris de voir Karpak. Il lui a dit « vous ? De retour ? Je peux m'asseoir ? » et il s'est assis. Il a commandé « la même chose s'il vous plaît ! » et le garçon a apporté un second panaché. Les deux dames ont payé et sont sorties. « Quand je pense qu'il y a des gens qui passent toutes leurs journées dans des bars ! » « Parle moins fort, Marie-Jo. » « Quoi ? Je parle ! » Karpak et Mathias se sont regardés, longuement, sans rien se dire. Mathias a bu son verre, puis il a pivoté sur la chaise, un coude sur la table, dos tourné à la place. Il a regardé le patron, le serveur en train de donner un coup d'éponge sur la table voisine, « ça vous gêne si je reste ? » « Non. » « On se disait tu, n'est-ce pas ? » « Oui. » « En fait, je ne crois pas. Nous ne nous sommes même pas parlé. » « Exact. » « Vous habitez toujours rue Odilon-Gaudibert ? » « Oui. » « Et votre roman, c'est un succès ! » « Oui. » « Ça rapporte beaucoup ? » « Non. » « Alors, c'est moi la biscuitière ? » Karpak n'a pas répondu.

Mathias a croisé les bras, comme pour cacher ses mains, « oui, non, exact : c'est tout ce que vous avez à me dire ? » « Oui. » « Vous êtes revenu dans la région pour longtemps ? » « Non. » « Chez des amis ? » « Pas vraiment. » « J'ai changé, n'est-ce pas ? Ou bien était-ce que nous ne nous connaissions pas ? » « Je n'ai pas compris. » « Eh bien, la première fois, nous nous sommes fait de l'illusion. Parce que c'était la fin de l'été ? » « Vous n'avez pas changé, Mathias. » « Moi, je vous trouve mieux, sur la photo, chez la libraire. C'est comme ça que je vous garde, dans ma mémoire. Vous avez une petite place. C'est comme ça que je vous vois. Et pas du tout tel que vous êtes, maintenant. » Silence. Mathias respire profondément « bon. Je crois qu'il vaut mieux que je n'insiste pas ».

Mathias prend un billet de cinquante francs dans son portefeuille, retire la montre de son poignet et la pose sur le billet, devant Karpak « je vous rends ce qui vous appartient. Mais je garde le reste. Une image. Surtout si je n'y crois plus ».

Mathias se penche « il faudra que vous changiez le bracelet. En remettre un à votre taille ».

Mathias paie les consommations « j'ai changé d'adresse. J'ai un deux-pièces, dans un immeuble moderne, à la sortie de la ville. Tout neuf. J'ai une voiture. Le samedi soir, je vais à Marseille. Dans un bar. Pour l'aventure. L'aventure, une fois par semaine, ça suffit. Nous sommes trop vite de fantastiques consommateurs d'images. Vous ne trouvez pas ? Ça a l'air de vous fâcher ce que je viens de dire. Mais il n'y a rien entre nous. D'ailleurs, il y a quoi, entre qui et qui, passé le temps de l'illusion ? » Il se lève « adieu, monsieur. Je suis bien content de vous avoir rendu l'Oméga ». Puis, remettant sa chaise en place « j'ai vu une dame demander à la libraire de ne pas jeter l'affichette de votre livre. Et de la garder, pour elle. Ça vous fait plaisir ? »

Un peu plus tard, près de l'hôtel, Karpak a revu Marie-Jo, dans son manteau noir, cramponnée à son sac. Elle attendait. En bordure de boulevard. Une camionnette est arrivée et s'est arrêtée devant elle. Un homme, en se penchant, lui a ouvert la portière. Elle est montée, comme une dame, très dignement. La camionnette était pleine de cageots vides. Devant cet homme, son mari, Karpak s'était dit que Marie-Jo n'osait plus parler. Ils ne s'étaient même pas regardés. Le manteau noir, brusquement, avait été trop élégant.

Dans la salle de restaurant de l'hôtel, il n'y a qu'une personne à chaque table, un homme seul, voyageurs de commerce, agents d'assurances-vie, veufs, comment savoir, et une seule table libre, pour lui. Le monde est ainsi fait que Karpak a l'impression de ne plus pouvoir s'y ajouter. S'il s'y ajoute, cela ne simplifie rien. Le temps où il « attrapait le bonheur » n'est plus. La serveuse lui tend le menu « vous avez dit quelque chose, monsieur ? » Karpak vient de parler à voix haute, sans même s'en rendre compte. « Non, rien. » « Le menu ? » « Oui, le menu. » Cette expression, il la tient de Jean, lorsque Jean avait rencontré son « apprenti docteur ». « Et c'est foutu, j'ai attrapé le bonheur. Il me regarde. Tu ne peux pas savoir. Les yeux grands ouverts. » « Non, Jean, il ne fait que chercher dans ton regard un reflet de lui-même. »

XVIII

EVA

LES Mille Colonnes. Vingt heures trente. Simon n'a pas été surpris de voir arriver Laure et Pierre, ensemble. Première réaction, il a failli se tourner vers le comptoir, faire semblant de ne pas les avoir vus, mais il s'est retenu, il a fait face, droit, étonné, furtivement heureux, si peu le bonheur débordant des retrouvailles, juste un petit pincement de cœur, un instant l'impression d'avoir le souffle coupé, et très vite Laure, contre lui, l'embrassant sur les deux joues. Mais qui embrassait l'autre ? Simon venait de faire un pas en avant, et avait pris une main de Laure dans sa main gauche, une main de Pierre dans sa main droite. Tous trois, maladroitement, s'étaient bousculés, comme heurtés. Les gens se pressaient à l'entrée de la brasserie. Des serveurs passaient avec des plateaux brandis au-dessus de leurs têtes, « attention, c'est chaud ! » Et c'était bien ainsi. Dans une foule. Et dans du bruit. Pierre avait dit « j'ai terriblement faim ». Simon avait embrassé la main de Laure « tu as froid ? » « Un peu. Mais ça passera. »

Le maître d'hôtel les a conduits à la table « ça ne fait rien, monsieur Breillard, nous allons rajouter un couvert. Ça fait plaisir de vous revoir. On me demande souvent de vos nouvelles ». Laure et Pierre ont pris place sur la banquette et Simon, en face d'eux, sur une chaise. Ils ont commandé. Pierre a dit « le moins qu'on puisse dire, c'est que la carte n'a pas changé, ici », puis « les gens non plus », et « nous non plus. En fait rien ne change. Alors, j'ai une idée ». Il s'est levé, poussant la table, obligeant Simon à reculer sur sa chaise puis à se lever à son tour. « Prends ma place, Simon. Je veux vous avoir, tous les deux, en face de moi. Pour moi. Et je ne tiens pas à voir qui passe. » Simon s'est retrouvé sur la banquette. Laure lui a souri « Pierre t'appelle par ton prénom maintenant ? » « Oui » dit Pierre en faisant l'échange de serviettes, « c'est récent. Une histoire de pomme rouge ». « De pomme rouge ? » Simon hausse les épaules « je te raconterai, Laure ». « Je ne comprends pas. » « T'en fais pas, Man, tu comprendras. » « Si tu l'appelles Simon, il faut que tu m'appelles Laure. » « Oui, Laure. Oui, madame. Oui, monsieur. A vos ordres. A tous les deux. Si au moins... »

Le serveur l'interrompit. Il fallait goûter le vin. Simon tendit le verre à Pierre « tiens, à toi ». « Je n'y connais rien. » « Moi non plus. » C'est Laure qui goûta, et fit signe au serveur de remplir les verres. Les gens des tables voisines écoutaient ce qui se disait à leur table. Pierre regarda ceux de gauche et leur fit baisser les yeux, puis ceux de droite, même jeu, et ses parents, enfin « alors ? Vous venez m'annoncer vos fiançailles ? Le mariage ? La naissance du premier enfant ? Tout d'un coup. Et c'est trop tard. Je n'aurai même pas à donner mon avis ». Ils rient. Ils boivent. Pierre poursuit « en plus, vous avez voté contre votre portefeuille. Et vous venez vous plaindre. Et vous voulez que je vous donne raison ». L'entrée. Ils mangent. Laure propose le pain et murmure « il y a des mois que je n'ai pas fait un vrai repas ». Simon dit à voix plus distincte « il y a des mois que je n'ai pas dormi ». Pierre les gronde du doigt, gentiment « il y a des mois et des mois, et je dirais même plus, des années et des années que je suis avec vous sans être avec vous ». Regards distribués aux tables voisines. A ses parents « je ne comprends vraiment pas pourquoi nous les intéressons. Croyez-vous qu'ils aient encore moins de choses à se dire que nous ? »

Puis il leur plut de se taire et de ne faire que s'observer et observer. Laure servant le vin, Simon faisant passer les plats « nous ne laisserons rien », Pierre essuyant son assiette avec du pain « ce qu'il y a de meilleur. Même Lilly avait peur de le faire ». « Lilly ? » « Non, Laure, pas de scène de jalousie. »

Au dessert, Laure lève son verre « je rêve » dit-elle « d'une robe bleu pâle que je portais un soir de fête, il y a longtemps, à Poitiers. Je rêve d'en défaire toutes les coutures, les ourlets, les surpiqûres et les broderies du col, du bustier et des manches. Je rêve de couper tous les fils qui faisaient d'elle la robe que je portais, ce soir-là, et la jeune fille que j'étais parce que je portais cette robe. Et quand le tissu sera redevenu ce qu'il était, avant, je rêve de repasser le tout, de le plier, et de l'envoyer à cette adresse encore inconnue de moi, où l'on est sûr de perdre à tout jamais ce que l'on envoie. Alors, quand le paquet ne reviendra pas, quand je serai vraiment certaine de ne pas vivre une autre vie que la mienne, je rêve de dire à mon père qu'il n'a pas le droit d'affirmer que nous ne sommes pas à la hauteur de nos crimes. J'appellerai ma mère, demain. Tu appelleras la tienne, Simon. Ne serait- ce que pour remercier Pierre d'être avec nous, ce soir, même s'il nous regarde comme si nous avions déjà la carte vermeille. Je rêve de n'avoir plus à vivre d'autre histoire que la mienne, des fuites qui n'en sont pas, des retours qui n'en sont plus. La dernière fois que nous sommes venus ici, nous avons fait les mêmes miettes et c'était peut-être la même nappe. Tu te moquais de nous, Pierre. Et je me moquais terriblement, comme on peut avoir terriblement faim, de vous, de vous deux. Mes hommes. Je rêve de jouer un texte que j'écrirais au fur et à mesure, en le vivant, un texte que jamais personne ne pourrait résumer et qui n'aurait de raison que pour moi-même. Un texte sans aucune obligation de rôle. Voici ce que je rapporte de mon voyage : je rêve de ne plus avoir à jouer. Je rêve d'être ce que je suis, et jamais plus une autre, l'autre à laquelle Simon ne dit rien, l'autre à laquelle Pierre refuse d'être Pierre. Je rêve d'une rumeur qui est celle de la vie que l'on vit quand on accepte de la vivre. Rien qu'elle. A toi, Simon, enchaîne vite. J'ai un petit peu peur de votre silence si vous vous taisez maintenant ».

Simon lève son verre « alors, je rêve de rêver. Je me suis remis à rêver, cette semaine, mais cela ne suffit pas. Je rêve de gratter le gravier, autour de la maison de Fréjus, d'en faire des tas et de jeter le tout dans un camion que j'enverrais à la même adresse que toi, Laure. Je ne veux plus que le gravier, autour de cette maison, signale mon pas, le pas du retour ou celui de la fugue. Je suis encore tout entier dans cette maison. Je rêve d'entendre ma mère jouer du piano sans qu'elle ait peur de me gêner. Je rêve de n'avoir plus toutes ces petites peurs dont nous nous sommes trop régalés et que nous nous sommes crus obligés d'entretenir pour avoir l'air d'être quelqu'un, quelqu'un d'autre, quelqu'un de bien ou quelqu'un de capable. Je ne rêve que de notre capacité à nous dire nos rêves, maintenant. Je rêve d'un temps où tout nous serait repris, sauf nous-mêmes. Je rêve de n'avoir plus peur d'être écouté. Je rêve d'avoir toujours à exprimer des rêves de rêves et ainsi de suite ! Je ne m'y attendais pas. Je suis un peu maladroit. Je rêve de ne plus jamais penser que vous êtes en avance, sur moi, de quelques rêves. Je rêve de rêves qui ne tueraient pas, ceux-là qui ont tué Berthier, qui ont poussé Hanssen et ceux-là qui font croire à Karpak qu'il peut raconter des histoires ou qu'il pourrait raconter la nôtre, la tienne Laure, la tienne Pierre et la mienne, et toutes les histoires de celles et ceux qu'il croise, capable seulement de reprocher aux autres de ne pas vivre selon lui. Ce n'est pas clair : je rêve de ne plus avoir à être clair. Je rêve de nager au fond de l'eau, aussi longtemps que toi, Pierre. Question de souffle. Je rêve encore d'un peu de souffle. A toi, nous t'écoutons ».

Pierre remplit son verre et le lève. A la table de gauche, ils sont partis. Le maître d'hôtel remet le couvert pour d'autres clients, et une nappe propre, d'abord, qu'il lisse de la main. A la table de droite, ils sont quatre, la tête dans les épaules, deux hommes et deux femmes, deux couples, ahuris. « Je rêve » dit Pierre « de ne plus avoir à faire des dictées. De ne plus avoir peur de faire des fautes. De n'avoir plus de bulletins de notes à faire signer. De ne plus avoir à les signer à votre place. De ne plus avoir à passer devant la porte de votre chambre, sur la pointe des pieds. Et il m'arrive, rue de Charonne, de sortir de chez moi sur la pointe des pieds, comme si vous habitiez à chaque étage, à tous les étages, en dessous. J'ai toujours l'impression que vous me surveillez. Et je viens d'apprendre qu'on vous surveille encore. Je rêve de notre histoire : il ne serait jamais question de nous mais toujours de toutes celles et tous ceux auxquels nous aurions pu porter ou donner quelque chose. Non. Ça ne me ressemble pas. Ce n'est pas mon rêve. Je rêve de finir de rembourser l'argent que je dois à la banque. Je rêve de faire un voyage qui serait un voyage. Je rêve de quelqu'un qui me parlerait de solitude sans y ajouter un adjectif. Comme d'une union. Je rêve de Lilly qui m'a écrit une belle lettre. Je rêve d'un monde où on n'écrirait de belles lettres que pour se rencontrer et non plus se quitter. Je rêve de l'impossible. Je rêve d'un repas comme le nôtre, maintenant ; nous serions tous les trois réunis après de longues et inexplicables absences, et au dessert, chacun de nous lèverait son verre, et dirait tour à tour ses rêves. Les gens de la table à côté feraient la même chose. Et un soir, dans le monde, partout, tout le monde dirait ses rêves. Ça ne changerait rien. Mais ça aurait changé le temps, pour chacun, de dire je. Je rêve. Je. Je rêve. Je rêve de vous border. D'éteindre la lumière de votre chambre et de vous souhaiter de faire de beaux rêves. Je bois à Hanssen et aux autres, à toutes les mémoires qui empêchent le temps présent. »

Simon a demandé l'addition. Pierre a insisté pour payer. Laure a dit « non c'est moi ». Et ils sont sortis, comme des freluquets, satisfaits d'avoir provoqué des voisins et peureux de s'être dit quoi que ce soit d'essentiel. Rien ne pourrait jamais inspirer leurs rapports. La fête continuerait avec les mêmes rites et d'identiques semblances de prises d'aveux. Ils marchèrent longtemps, boulevard Saint-Germain, boulevard Saint-Michel, les quais, Notre-Dame, puis le quartier des Halles et l'esplanade devant Beaubourg. Là, ils s'arrêtèrent pour boire quelque chose de chaud. Laure ne savait plus si elle désirait vraiment rentrer quai de New-York. Simon doutait du retour de Laure. Pierre avait envie de passer une nuit dans son lit d'enfant, ne serait-ce que pour passer le cap de l'oubli de Lilly. Mais il n'osait pas le dire de peur de se contredire. Chacun des trois regardait les gens qu'ils croisaient, couples s'embrassant, se tenant la main, ou bien séparés, ne se parlant pas, ou encore piétons solitaires, groupes de jeunes, tout était possible, toutes les histoires se racontaient en même temps. Au comptoir du café Grenouille, on leur servit trois tilleuls-menthe. Laure se tenait entre Pierre et Simon. Elle les toisait du regard, l'air amusé, mais ce n'était qu'un air, et cela ne les aida point à reprendre le discours de leurs rêves qui, un laps de temps, à la brasserie, parce que la foule et le bruit, parce que le vin et le repas, parce que l'ivresse de se savoir écoutés, leur avait donné l'impression de se dire, pour une fois. Une femme faisait le tour des tables en mendiant. Elle n'était ni vieille ni sale. Elle avait l'air de quelqu'un d'ordinairement bien. Elle avait l'air de tout le monde. Et elle tendait la main. Les gens faisaient semblant de ne pas la remarquer. Elle s'approcha d'eux « je m'appelle Eva » dit-elle en tendant la main vers Laure. « On m'a retiré toutes mes dents », elle venait de tendre la main vers Pierre, puis se tournant vers Simon « j'ai calculé que si chacun me donnait un franc ! » Et de nouveau à Laure « je m'appelle Eva ». « Non » murmura Laure. « On m'a... » « Non » dit Pierre. « Et j'ai... » « Non » fit Simon. La femme poursuivit sa quête. Etrange femme qui disait son nom pour mendier. Étranges, les lèvres de sa bouche et les mots difformes qui en sortaient. Seul son prénom Eva avait de l'éclat.

« Je ne veux plus du spectacle des douleurs » dit Laure à mi-voix. Cette fois son sourire était juste et touchant. Pierre la serra contre lui. Elle prit Simon par l'avant-bras et l'attira contre eux, deux, la mère et le fils séduisant le père, la scène était un peu ridicule. Mais qu'en savaient les autres ? Les autres. « Je vous raccompagne » dit Pierre.

Il fallut trouver un taxi. C'est Pierre qui donna l'adresse du quai de New-York. Tout allait brusquement plus vite, rue de Rivoli, place de la Concorde, Grand Palais, Paris intervenait comme la star invitée d'un grand film muet. Pierre regarda ses parents « je préparerai le petit déjeuner, demain matin ». C'est lui qui ouvrit la porte de l'appartement. Les sacs de Laure étaient encore dans le salon. Il fallait un peu de musique. Pierre prit le premier disque qui lui vint sous la main. Les *Romances.* Simon lui pinça le bras en passant « merci ». Laure revint dans le salon « racontez- moi l'histoire de la pomme rouge ».

XIX

ESTHER

CRANTAC. Dimanche. Dix heures du matin. Karpak attend devant la maison. La lumière extérieure est allumée. Plein jour. Le soleil s'est levé derrière la falaise. Il fait beau. La maison restera à l'ombre jusqu'à midi. Après ce sera la journée, l'éblouissement du ciel et un de ces couchers de soleil qui fascinaient Jean Hanssen au point que celui-ci, alors, ne répondait plus aux questions que ses visiteurs lui posaient. Il ne fallait pas lui parler à cette heure-là. Étrange personnage dont Karpak se demande s'il n'a pas été, somme toute, qu'un rival, quelqu'un qu'il jalousait et qui le jalousait, l'un prêtant à l'autre les pouvoirs qu'il rêvait d'avoir. Karpak aurait aimé faire carrière, comme Hanssen. Hanssen aurait aimé écrire, mieux que Karpak. Pourtant, l'un et l'autre savaient la vanité de leurs réussites respectives. La seule force de Karpak n'avait rien à voir avec son apparente capacité de traiter le sujet humain par écrit et résidait uniquement dans cette manière habile qu'il avait de toujours s'arranger pour être le témoin de la tombée des autres, de la chute de celles et ceux qui attendaient de lui un geste. Finalement, en amour, comme en vie, Karpak ne s'était employé qu'à observer les fins de parcours de ceux qu'il approchait.

Karpak entend sonner le téléphone, dans la maison. Une sonnerie insistante. Maison fermée. Volets clos. Karpak en traversant le village n'a vu personne. Des cris d'oiseaux répercutés par la falaise, un vol de merles, le bruit d'un tracteur, en bas, dans la vallée, puis la sonnerie cesse. La lumière est toujours allumée, petite lumière que le jour gomme et qui signale la présence du corps de Jean, dans la maison.

Karpak est donc venu, à la demande, comme d'habitude, quand rien ne va, à la demande de la famille cette fois, pour être le témoin d'une fin, récupérer des impressions, attiser en lui le goût fatal des étapes et des disparitions, ce besoin de ne voir que mélancolie versant au tragique. Or, aujourd'hui, il se sent pris en flagrant délit de toujours jouer le même rôle. Deux fois, il fait le tour de la maison. Il s'arrête devant la porte. Puis il recule. Il se sent moqué par les arbres, les bosquets, la falaise et le paysage. C'est lui le valet de mort, et nul autre, surtout aucun de ceux qu'il fait parler dans ses romans. Il a honte de ce qu'il vient chercher : des preuves, de l'écrit, des histoires, une autre histoire, et il racontera toujours la même, placé comme il est, homme de mirador, posté comme il se poste, traquant pour ne pas être traqué.

Au moment où il remonte dans la voiture, pour fuir, chassé par cette image de lui-même dont il veut trop et dont il ne peut plus se dire qu'elle est celle, cassée, de son temps, une voiture surgit, un homme et trois femmes, le frère et les trois sœurs. Ils arrivent. Trop tard. Portières qui claquent. Présentations « je suis Pierre Hanssen, le frère de Jean. C'est moi qui vous ai appelé. Merci d'être venu. Mais nous nous sommes vus, une fois ». « Oui, je me le rappelle. » « Je vous présente mes sœurs... » Poignées de main puis comme un cortège jusqu'à la porte que Pierre Hanssen ouvre. Les trois femmes entrent en premier. Sophie dit à ses sœurs « attention, il est tout de suite là ». Pierre Hanssen éteint la lumière du dehors, allume celle de l'entrée, passe devant le cercueil, et pénètre dans la maison pour en faire le tour et pousser les volets. Ses sœurs le suivent. Alors seulement, Karpak entre. Trois chaises d'un côté, contre le mur du fond, trois chaises de l'autre, en vis-à-vis, et le cercueil dessus. Ce sont les chaises de la salle à manger. Ultime repas. « Entrez, monsieur Karpak, faisons connaissance. Je suis tellement... » Sophie joue à la maîtresse de maison. Ses deux sœurs visitent « je n'imaginais pas que c'était aussi grand », « tiens, ce tapis était dans la chambre de maman ». La halte, dans l'entrée, pour elles, n'a duré que quelques secondes. Pierre Hanssen revient dans la grande pièce, donne des ordres « toi, tu prépares un café. Toi, tu mets en route la cheminée. Toi, tu vas chercher les sacs en plastique dans le coffre de la voiture ». Et à Karpak, lui faisant signe de s'asseoir « je vous ai demandé de nous assister : nous avons un projet, mes sœurs et moi. Demain, après la réunion chez le notaire, nous partirons et ne reviendrons pas dans cette maison. Elle sera mise en vente. Ce n'est pas le moment. Dans cette vallée, comme partout en France, tout est à vendre. Les étrangers n'achètent plus. Mais nous n'avons pas le choix. Aussi, et je sais que vous ne me tiendrez pas rigueur de vous parler de manière aussi directe, nous n'avons que la journée d'aujourd'hui pour faire disparaître tout ce dont nous ne voulons pas, disons tout ce qui est personnel et qui n'a aucune raison d'être transmis. Ceci dans un premier temps. Et nous avons besoin de vous pour un bref classement des papiers intimes. Dans un second temps, mes sœurs et moi, nous nous partagerons les meubles. Deux brocanteurs viendront à six heures pour emporter le reste ».

Installé au bureau de Jean Hanssen, la première note que Karpak lit, écrite au crayon, en marge d'un texte manuscrit intitulé *Le Jeune Homme de Tokyo*, est « je ne comprends plus ce qui se passe en moi et autour de moi. Je croyais à un regain de conscience pure. Or, je ne sens que de l'amertume et la volonté de régler des comptes. Et ailleurs, hors frontières, de la limitation de l'armement nucléaire dans le monde, la Terre n'est plus qu'une bombe ».

Pierre Hanssen s'approche de lui « il y a aussi le journal des derniers jours et cette lettre à un certain Sam qui a été retrouvée sur lui. Vous gardez ce qui vous semblera important. Vous savez mieux que nous. Et nous nous sentirons un peu moins rigides pour la mémoire de notre frère. Ne vous inquiétez pas, nous allons allumer un feu devant la maison. Il n'y a pas de vent aujourd'hui. Notre première idée était de faire venir le cantonnier, pour nous aider, mais cela nous aurait empêchés de faire disparaître ce que nous voulons faire disparaître ».

Il y eut donc, devant la maison, un grand feu dans lequel Pierre Hanssen et ses sœurs jetèrent les draps, les couvertures, les oreillers, les dessus-de-lit, les rideaux, les serviettes de bain, les chemises, les pull-overs, les vestes, les costumes, le petit linge et même les chaussures de Jean. Pierre Hanssen ratissait le pourtour. Panache de fumée. Ce n'était que va-et-vient dans la maison. Sophie jeta un grand sac de médicaments, et des flammes multicolores jaillirent du brasier « attention ! » Puis ils jetèrent les valises, des bagages, une mallette « c'est dommage... », « non. Rien. Je t'ai dit : rien », et des livres, des revues, un parapluie, des manteaux, une boule de cravates, des nappes, des serviettes, des torchons. « Vous voulez encore du café, monsieur Karpak ? » « Non, je vous remercie. » Et ils reprenaient leur ouvrage du jour, le tapis « il ne vaut plus rien », des cadres, des photos, des chaises « elles sont moches » et des sacs, des sacs, des sacs.

Un garagiste se présenta vers midi. Le marché fut vite conclu. Il signa un chèque à l'ordre du notaire et repartit avec les clefs et les papiers de la voiture de Jean.

« Vous n'avez rien pour nous ? » Karpak se mit à remplir des sacs, lui aussi, sauvant au passage un livre, jetant les lettres, les dossiers, des albums, mettant de côté quelques textes, au hasard. Une ivresse le gagna et, lorsque Pierre Hanssen et ses sœurs s'attaquèrent à la grande pièce, il se mit aussi à porter des sacs et des objets dans le feu. Tout ce qui pouvait brûler. Il agissait comme les autres. Il se disait seulement que le brasier n'était que le lieu d'une offrande.

En début d'après-midi, autour de la cheminée, ils déjeunèrent de sandwiches préparés par « la dame de l'auberge. Elle a un drôle de prénom. Esther. Ce n'est pas un prénom de la région ». « Mais si, Sophie, du temps des papes, Sargues était une ville juive. » « C'est curieux... » et à Karpak « j'ai lu votre dernier roman ! » La phrase a été lancée sur le ton de l'exploit. Karpak sourit de manière obligée. Il vient d'entendre dernier, dernier roman, son dernier roman. Plus rien après. « Mais comment faites-vous pour inventer des histoires pareilles ? » « Je les vis, madame. » « Vous les quoi ? » Il y eut un silence. Pierre Hanssen se leva, frappa dans ses mains « nous allons faire un second tri. Passer partout. Ensuite nous nous partagerons ce qui restera ». « Moi je ne veux rien, rien ne me plaît. » « Moi non plus. » « Moi non plus. » Pierre Hanssen regarda ses sœurs, fit un geste presque amusé « et moi non plus. Alors, j'appelle tout de suite les brocanteurs ? » « Fais au mieux, Pierre. Nous t'avons toujours fait confiance. » Et ce fut de nouveau le feu, et cette fois comme un jeu : il fallait que tout brûle et brûle bien.

A l'heure du soir, il y avait un cratère noir devant la maison. Les brocanteurs signèrent un chèque, pour le reste des meubles. En lot. Y compris les chaises, dans l'entrée « vos clients ne sauront rien ». Ils auraient la journée du mardi pour tout emporter et laisseraient les clefs de la maison chez l'agent immobilier.

« Vous passez la soirée avec nous ? Où logez-vous ? » « Je crois que je vais vous quitter monsieur Hanssen. Je ne serai pas là, demain matin. » « Mais... » « Non. Je vous quitte. » Karpak les salua. Pierre lui remit les quelques papiers sauvés du feu. En passant dans l'entrée Karpak fit glisser un doigt sur le cercueil et murmura « salut, Jean ».

XX

SEBASTIEN

PIERRE, tôt, le dimanche matin, a appelé le C.M.S., Centre médical Service, et s'est remis sur la liste des disponibles pour une garde de nuit. « La Russe est out ? » « Je ne sais pas ce que veut dire out. » « Elle est morte, quoi ! » « Non. Elle est partie. » « Houlà, Breillard, n'oublie pas que je passe mes journées au téléphone. Pour toi. Pour vous. Vous me faites penser à cette pancarte que j'ai vue, à l'entrée d'un terrain de golf, nous aimons bien vos chiens mais nous n'aimons pas toujours leurs souvenirs... Je suis du genre à penser que la vulgarité c'est ça : ne pas employer les vrais mots. Même si je parle mal, O.K. ? » « O.K. n'est pas le vrai mot. Pendant la guerre de Sécession, ça voulait dire, à l'appel du soir, *no one killed,* personne n'est mort, en signature de rapport. Donc tout allait très bien. » « Je n'ai pas de temps à perdre. » « Moi, j'ai du temps à vendre. » « Bon. Je te mets sur la liste. » « Tu me dis tu ou tu me dis vous ? » « Je te dis merde, Breillard ! »

Vingt minutes plus tard, le Centre le rappelait. Une urgence. Chez un certain monsieur Sébastien Verdy. Du dimanche midi au lundi matin huit heures. « Je prends. » « De toutes les façons tu n'as pas le choix, c'est le seul, et personne n'en veut. C'est un cas. Faut pas entrer dans son jeu. La gouvernante a toutes les instructions médicales. Fais semblant de le connaître. » « Pourquoi ? » « Il est très connu. » « Qui est-ce ? » « J'sais pas. Justement. 2, rue Las- Cases. Deuxième étage, face. »

Pierre entre dans la chambre de ses parents avec le plateau du petit déjeuner. Il le pose sur le lit, entre Simon et Laure. Chacun dormait, roulé de son côté « il est l'heure. Et je dois partir. Un boulot. Chez un type très connu ». Pierre ouvre la fenêtre en grand. Laure murmure « non, pas ça ! » « Si, si, il faut respirer mes enfants. » Simon embrasse Laure sur le front. Tous deux assis, dans le lit, oreillers calés dans le dos, bustes nus, deux petits vers, Laure se frotte les yeux, Simon en s'étirant manque de renverser le café « qui est cette personne très connue ? » « Sébastien Verdy. » Simon et Laure échangent un regard amusé « mais il est mort depuis cent ans ! » « Qui est-ce ? » « Il est venu à Poitiers, bien avant les fiançailles de ta grand-mère. Il lisait ses poèmes, en public. Le délire. Les dames s'évanouissaient. Les jeunes filles pâlissaient. Maman m'a toujours dit que c'était sous l'effet d'un poème de Verdy qu'elle était tombée amoureuse de son juge. » « Je l'ai vu » ajoute Simon, « à Fréjus. Il était déjà très vieux. En costume blanc, cravate blanche, canotier, brandissant une canne. Les gens s'écartaient sur son passage. J'entends mon père dire à ma mère : il a l'air d'un poète, mais ce n'en est pas un. Et ta grand-mère, Pierre, ne lui a rien répondu. Elle lisait Verdy en cachette. » Pierre observe ses parents en souriant. Laure relève un drap et cache sa poitrine. Simon lui tend une tartine beurrée « merci ». Il sert le café. Pierre leur fait un petit signe cordial « à demain, même heure. Je viendrai voir si tout va bien ».

Rue Las-Cases. Fatima a refermé la porte à double tour et a remis les clefs dans une poche de sa djellaba. Elle a une petite voix pointue, toujours à l'aigu, insupportable. Dès qu'elle entre dans la chambre du maître, Sébastien Verdy lui ordonne de disparaître. « Je n'ai pas besoin de vous. Partez. Je ne veux plus vous voir. » Fatima laisse Pierre seul avec lui. A chaque fois, le vieillard lui lance « et vous, jeune homme, que faites-vous chez moi ? Qui vous a laissé entrer ? » Dans sa chambre, des bagages ouverts, trois valises et deux mallettes, linge plié, soigneusement placé. Il n'y a plus qu'à fermer le tout, et partir. Dans le couloir menant à la salle de bain, Fatima a dit à Pierre « c'est un ordre de Monsieur, les bagages sont prêts depuis des années. Il n'a plus le sens du temps. Une fois par semaine, je remplace le linge du dessus. Des chemises propres par des chemises propres. Ça prend un peu la poussière, et... » « Arrêtez de parler ! Je vous entends ! Vous êtes chez moi ! »

A chaque piqûre, Sébastien Verdy fulmine « vous n'avez pas le droit de me toucher. Les femmes, oui. Elle. Elle ! C'est le plus beau mot. Mais pas vous. Fatima ? Fatima ! » Elle se montre « faites sortir ce jeune homme. Comment est-il entré ici ? Vous êtes une idiote. Rendez-moi les clefs ». « Non Monsieur. » « Rendez-moi les clefs ! » Pierre a tout juste le temps de retirer la seringue et de tenir le vieillard, couché. Des mots sortent de sa bouche comme des rots, puis comme des soupirs, puis il respire calmement : il s'est endormi.

Nuit de dimanche à lundi. Quatre heures du matin. La scène s'est répétée dix fois. Pendant le dîner, il a rejeté le plateau, assiette et verre brisés. Il a fallu le porter hors du lit, l'allonger sur un canapé de la bibliothèque, changer les draps, le changer, refaire le lit « les mocassins noirs, Fatima, je suis sûr que vous avez oublié les mocassins noirs. Dites ! » « Ils sont dans la petite mallette, Monsieur. » « Je veux les voir. » « Ils y sont, Monsieur. » « Je veux les voir. » « La mallette est faite, Monsieur. » Les murs de l'appartement, jusque dans les coins et recoins, ne sont qu'une mosaïque de tableaux, de photos dédicacées, de gravures galantes. Les rayonnages croulent de livres et d'objets exotiques, objets de bazar, cadres argentés, les élues, encore des visages, cent, mille visages. Au sol, les uns sur les autres, dans tous les sens, plusieurs épaisseurs de tapis limés. Au plafond, des lustres trop imposants où manquent quelques boules de cristal, scènes de rupture, querelles ? Les rideaux sont drapés de manière théâtrale, comme si les fenêtres pouvaient s'ouvrir sur une scène. « Vous ne savez pas chanter, jeune homme : ça se voit à vos lèvres. Moi, je chante. Je chante avec des mots. Je suis sûr que vous ne connaissiez même pas mon nom. » « Mais si, monsieur. Je vous connais. » « Alors, récitez un de mes poèmes. » « Je n'ai jamais eu de mémoire, monsieur. » « C'est faux. Mes poèmes sont faciles, touchants, on me l'a reproché. Des jaloux. Un vrai poème ne doit pas faire appel à une mémoire. Sortez. Ne me touchez plus ! Fatima ? Fatima ! » Fatima paraît. « Non, partez. Je ne veux plus entendre votre voix. Partez ! » Et à Pierre « dépêchez-vous de me faire cette piqûre. J'en ai besoin pour partir. On m'attend ».

Pierre s'est assoupi dans un fauteuil de la bibliothèque. Soudain, un bruit. Dans la chambre, un cri rauque. Il se précipite. Sébastien s'est habillé, pantalon, chemise blanche. Il n'a pas pu nouer sa cravate. Il a fermé les valises et les mallettes. Il a préparé des chaussures, des chaussettes, mais il a trébuché sur un guéridon, il gît au pied du lit.

Une tache de sang au coude. Il est blessé. Pierre appelle Fatima. « Non ! Elle ne doit pas savoir. Il faut que je parte. J'ai encore beaucoup à faire. Elle m'attend. A-t-elle souffert, en couches ? Mais qui êtes-vous ? De quel droit ? Laissez-moi. Il faut que je sorte. Elle attend. Je ne veux pas être en retard. » « Vous êtes blessé, monsieur. Laissez-moi faire, je vous en prie. » « Je voudrais tant qu'elle voie mon sang. » Fatima arrive en chemise de nuit. Elle apporte un plateau avec des gazes, des bandes, des cotons, de l'alcool. Pierre nettoie la plaie. Sébastien Verdy murmure « pourquoi voulez-vous m'arrêter ? Quelles nouvelles a- t-on d'elle ? Je veux être là avant qu'il ne soit trop tard. Je veux lui dire. Je veux lui dire. Je veux lui dire ! » « Que voulez-vous lui dire, monsieur Verdy ? » « Oh, vous jeune homme, laissez mon bras tranquille. Vous ne saurez tout ça que plus tard. Je sais. Je sais, moi. Ça chante. Ça chante en moi. Et vous êtes nul. » Pierre lui fait une piqûre. Sébastien regarde Fatima. Elle remet en place les valises et les mallettes, ouvertes, pleines, subtilement préparées, linge fin, costumes pliés sans un faux pli. Sébastien Verdy regarde Fatima « tout est prêt ? » « Tout. » « Vous n'avez rien oublié ? » « Rien, Monsieur, rien. » « Alors sortez. Je ne veux plus vous voir. Plus jamais. Donnez les clefs à ce jeune homme. Il s'occupera de moi. Disparaissez. » « Oui, Monsieur, je disparais. » Puis les mots sortent de sa bouche comme des bulles d'air, puis les soupirs, puis la respiration rauque. Pierre regarde sa montre. Plus que quelques heures. Dans le couloir, Fatima, accroupie comme une mendiante, dos au mur, paumes tendues vers le ciel, devant elle, sanglote, ou bien chantonne, à l'aigu. Un chant d'esclave. Cent, mille visages observent la scène. Les visages des plus beaux moments d'une vie. L'éclat des plus beaux sourires. Pas un être qui ne soit idéal, fatal, passager. Cent, mille passagers clandestins surpris au moment du départ, hommes, femmes, adulés, toute la société du *Poète de l'amour*, titre de la biographie de Sébastien Verdy dans la collection « Les grands poètes par eux- mêmes » que Pierre a trouvée dans la bibliothèque et sur laquelle, instantanément, il s'est assoupi.

Dernière piqûre « vous avez les clefs ? » « Oui, monsieur. » « Fatima est partie ? » « Oui, monsieur. » « Elle m'attend, vous savez. » « Je le sais, monsieur. » « Alors, je peux partir ? » « Oui, monsieur. » « Comme c'est juste. Je ne serai pas en retard. Elle m'attend. Elle supportera les couches. » « Certainement, monsieur. » « Comment vous appelez-vous ? » « Pierre, monsieur. » « J'écrirai un poème pour vous, Pierre. Je vais l'écrire. Je peux même vous dire le premier vers. Je... » Des bulles, puis des soupirs, puis un ronflement. Il dort. Lundi. Huit heures du matin. Fatima dit à Pierre « vous reviendrez, ce soir ? » « Je reviendrai. »

XXI

MASSAYAKI

« LE jeune homme de Tokyo. En me raccompagnant, il y a deux heures, Lussac m'a dit que je devais me promener dans le parc, en face de l'hôtel, et surtout, en cas de rencontre, “ vous en ferez quasiment à chaque pas ”, ne jamais dire un mot, “ si vous parlez, c'est fini. Une seule parole les rend coupables ”. Et devant l'hôtel, alors que nous nous quittions “ ne tardez pas, c'est l'heure des collégiens et des étudiants ”. Jamais je n'ai fait de confidence à Lussac. Il y a un an encore j'aurais pris ombrage d'un tel conseil. Mais Lussac sait qu'il s'agit pour moi d'une dernière mission et qu'il y a de fortes chances que je ne sois plus jamais, de près ou de loin, son patron. Dans cette ville l'étranger est perdu. Dans ce pays, l'étranger est sale. Toutes les horloges donnent la même heure et la même seconde. L'obsession de l'heure exacte. Et les gens se saluent, à distance. Ils ne se touchent pas. Je l'avais vu, je l'avais lu mais je ne l'avais pas vécu. Propreté, ponctualité. Notre imagination est une crasse. Nous avons cette lèpre.

« Le temps de laisser mes dossiers, de me laver les mains et de boire un verre d'eau, je suis redescendu. J'ai traversé l'avenue et je suis entré dans le parc. Des allées sinueuses, un lac, des escaliers, des pavillons fermés pour cause de fin d'automne, un vent cisaillant, des passantes et des passants, des jeunes gens en uniforme, petits soldats des collèges, et des très jeunes hommes, livres sanglés sous le bras, promeneurs de fin d'après-midi, regards furtifs qui se croisent surtout lorsqu'ils ne se croisent pas, subtile manière de se voir sans se regarder. L'Occident est voyeur. L'Occidental veut tout voir et savoir. Il exhibe. J'étais un Oriental du temps de ma honte, quand je pouvais, ou croyais pouvoir, encore cacher mes sentiments.

« Longtemps j'ai cru, également, mépris de colon, que seuls les Japonais ou les Chinois pouvaient se distinguer et se reconnaître. Je leur prêtais des traits identiques. Mais là, isolé, chercheur d'or, frileux dans mon manteau, je me suis mis à vivre leurs différences. Celui-ci, croisé plusieurs fois. Celui-là que je retrouvais plus loin assis sur un banc, l'air détaché. Un si beau détachement. Nous ne rêvons que d'attachement et de propriété. Sans doute attendait-il que je prenne place à côté de lui. A peine cette idée m'avait-elle effleuré qu'il se levait et disparaissait dans la première allée de côté. Fâché ?

« Puis, j'ai rencontré mon jeune homme de Tokyo. Nous nous sommes frôlés. Je ne me suis pas retourné. J'ai poursuivi mon chemin. Errant. Lentement. Comme avant notre croisée. Témoin de notre rencontre, en surplomb du parc, le gratte-ciel de l'hôtel. Je ne pouvais pas me perdre. Je savais que le garçon me suivait. Je le sentais. Je le voulais. J'ai contourné le lac, un escalier, une butte, puis une allée, en direction de l'hôtel, l'avenue, un passage pour piétons. J'ai attendu que le feu passe au rouge. Le garçon était là. A quelques mètres. Assez loin pour que de toutes les façons je ne puisse pas lui adresser la parole. J'ai traversé. Il a traversé. Je me suis approché de l'hôtel. Il s'est rapproché de moi. Je suis entré dans l'hôtel. Il m'a suivi. Jusqu'à l'ascenseur. J'ai esquissé un geste, il est passé devant moi. Courtoisie. J'ai appuyé sur le bouton de l'étage. Au douzième, même geste, il est sorti. Je suis sorti. Long couloir. Il m'a suivi jusqu'à ma porte. J'avais gardé la clef de ma chambre dans la poche de mon manteau. Sitôt la porte refermée, il a respiré profondément et m'a regardé, fixement. J'ai retiré mon manteau. Il a posé ses livres sur la table basse près de la baie vitrée. Et il a regardé la ville, d'en haut, comme s'il ne l'avait jamais vue de si haut, émerveillé.

« Ensuite, par signes, il m'a fait comprendre qu'il désirait se laver. Je lui ai tendu un des deux kimonos qui se trouvaient sur le lit et je lui ai montré la salle de bain où il s'est enfermé, longuement. Bruit de la douche. Longue douche. Puis, silence, une préparation. Et j'ai eu peur, peur de tout ce que j'avais vécu, comme je l'avais vécu, sans plus aucun rite, usant trop vite de l'autre. Sur la sangle qui nouait ses livres et ses cahiers de cours, je lus son nom, *Koto*, et son prénom, Massayaki. Massayaki *Koto*. Le nom était souligné. Sur la couverture du premier livre, en anglais, un titre *History of the Seas*. L'histoire des mers. Il sortit de la salle de bain en nouant la ceinture du kimono. Je vis ses jambes nues, ses pieds nus, ses genoux, et la nudité de son cou. Il s'assit au bout du lit. Et me tendit l'autre kimono.

« Je suis resté longtemps sous la douche. Je me devais de rester aussi longtemps que lui. En Europe, avec un jeune homme de rencontre, j'aurais craint, coupé de l'autre par le bruit de l'eau et la porte fermée, d'être volé. Là, un sentiment me gagna : j'étais le voleur. Le voleur d'un rite. Simulacre. Et je me sentis brusquement racé, au sens du rejet. J'étais sa curiosité. Il n'était plus la mienne. Je me suis longuement séché. Puis j'ai placé mes vêtements dans le dressing, aussi proprement que lui. J'ai enfilé le kimono. Et je l'ai rejoint.

« Il avait branché la radio de chevet. Musique de genre. C'était l'heure des cocktails. Une sorte de fox-trot avec trompette magique. Je me suis assis au bout du lit, à côté de lui. Nous nous tenions, tous deux, mains à plat sur le lit. La nuit était tombée. Le paysage de la ville se criblait de lumières aux fenêtres, d'enseignes lumineuses et d'horloges électroniques géantes répétant toutes cette heure identique, immesure du temps signalé dans le noir. Puis j'ai posé ma main gauche sur sa main droite. Et lentement nous nous sommes penchés l'un vers l'autre et nous nous sommes embrassés. Mais ce baiser, il ne l'a pas échangé. Il me regardait intensément, comme effaré. J'ai caressé son buste. Il a posé sa tête sur mon épaule. C'était un petit animal doux, aux cheveux soyeux. Nous sommes restés longtemps, ainsi, assis, maladroitement dans les bras l'un de l'autre, l'un n'osant plus embrasser l'autre, l'autre se pressant comme un enfant. Il se leva, reprit sa montre et me fit comprendre qu'il devait rentrer chez lui. Il disparut dans le dressing, réapparut habillé, attrapa ses livres par la sangle et me salua à distance, plusieurs fois, petits mouvements de tête vers le bas. Je lui ouvris la porte. Il sortit. Dans le couloir de l'hôtel, il ne se retourna pas. Il vient de me quitter. Je viens d'écrire ces lignes. Sur le vif. Je suis en kimono. Je suis propre. Il avait une peau de soie. Et des yeux noisette. Il cherchait à se faire une place dans le creux de mon épaule. Le sacripan me faisait mal. Quelque chose me disait que, pour lui, ç'avait été tout de suite et pour toujours. Puis rien, pour jamais, et repartir. Net. Intact. Me laissant au ravissement suspect de la mémoire de ces lignes. Tout ce dont nous raffolons. Une bouche qui ne s'ouvre pas. Un baiser qui n'en fut pas un. Lussac vient de m'appeler « alors ? » « Alors, Lussac, rien. Je repartirai demain avec une illusion de moins et une certitude de plus. » « Laquelle, Hanssen ? Vous ne devez pas perdre confiance. » « J'ai perdu conscience, Lussac. Je n'en ai jamais eu. » Il vient me chercher à huit heures. Il veut m'emmener dans le quartier des jeunes. « Ce pays leur est donné. Le pouvoir conservateur sacralise ses adolescents. Vous allez voir. » Je viens de m'habiller. Je pense à toi, Sam : cette histoire, j'oublierai certainement de te la raconter. Karpak, lui, l'enjoliverait. Fin. »

XXII

A SUIVRE

Lundi. Huit heures du matin. En descendant du train, à la foulée du quai, étrange boucle de son voyage, Biarritz, Bordeaux, Marseille, Crantac, et de nouveau Paris, Karpak n'a pas eu envie de rentrer directement rue Odilon-Gaudibert. Au buffet de la gare il vient de lire le texte de Jean sur le jeune homme de Tokyo. Le voici donc, enjoliveur d'histoire, voleur des voleurs, pilleur, à l'abordage des autres, rien ne se résume et tout parle de malheur. Ou bien simplement, chacun demande. Karpak commande un second café, le boit d'un trait, reprend ses bagages et descend au sous-sol. Téléphone. Il faut décrocher avant d'insérer les pièces. Karpak fait toujours le contraire, petit fracas, monnaie qui retombe dans la sébile. Il compose le numéro de Simon.

Une voix de femme. « Laure ? Tu es revenue ? C'est Karpak. » « J'ai reconnu ta voix. Mais d'où appelles-tu ? » « De Paris. » « Je te croyais à Crantac. L'enterrement a lieu ce matin, n'est-ce pas ? » « Oui. Mais je suis rentré. J'appelle de la gare. Je vous réveille ? » « Non. Simon est allé acheter des croissants. Nous attendons du monde. » « Qui ? Pierre ? » « Oui, Pierre. Et un docteur. Bernard

Astelaze. Il a appelé Simon. Hier. Il était retenu à l'hôpital. Pierre et lui doivent arriver d'un instant à l'autre. Tu peux venir. » « J'arrive. »

A l'heure où Pierre Hanssen et ses sœurs quittaient le cimetière, pressés de se rendre chez le notaire et de rentrer chez eux, familles respectives, autres familles, affaire réglée, frère gommé, « même rayé des vivants, ça laisse une trace » a dit Sophie, Laure, Simon, Pierre, Bernard et Karpak prenaient leur petit déjeuner ensemble, quai de New-York. Tous pensaient à Hanssen mais personne, dans un premier temps, ne parla de lui. Simon raconta qu'il s'était remis à faire des rêves, parla de lui en train de ramer au milieu d'un désert et se plaçant en intérimaire pour faire vivre des mythes à des clients fortunés. Pierre parla de Katherine, de Fanfan et de Lilly, « mes petites femmes » disait-il en riant. Plus réservé, Bernard qui ne connaissait ni Laure ni Simon ni Pierre, seulement un peu Karpak, souvenir de ski, « arrête-toi avant l'ombre », parla de sa vie de médecin et de Ludovic qui était revenu le dimanche matin, dans ses couloirs, le balai, la pelle et le chiffon pour lustrer, fidèle au poste, « il ne faut rien changer, ne surtout rien faire. Attendre, être là, c'est tout. Et ne pas intervenir. J'avais peur d'être seul, ce matin. Merci de m'avoir accueilli ». Laure raconta Thierry, la page 213, Luce, Marc et la troupe, les serviettes nid d'abeilles de l'hôtel Storia. Karpak parla de ses retrouvailles avec Mathias. Simon reprit la parole pour décrire sa mère, au piano, et Suzanne Berthier dans la rue. Pierre décrivit sa nuit, chez le poète. Karpak évoqua le brasier devant la maison de Crantac et montra les quelques papiers qu'il avait « sauvés ». Le verbe sauver le gêna et chacun se tut. Il décida de ne pas donner à Bernard la lettre qui lui était destinée. Chacun, brusquement, dans le silence, se mit à trahir les autres. Une nouvelle semaine commençait. Bernard les quitta en premier. Puis Pierre. Puis Simon qui avait « un rendez-vous important. Mais il faut que nous restions en contact ». Karpak se retrouva seul avec Laure. Il l'aida à porter la vaisselle sale à la cuisine. Elle ne disait plus rien. Dans les papiers de Hanssen, Karpak trouva une lettre adressée à Pierre et signée du nom de Lilly ainsi qu'une lettre de Simon à son fils. Et comme il allait partir, Laure lui remit quelques pages « c'est ce que j'ai écrit pendant mes mois de voyage. Tu peux en faire ce que tu veux. Tu ne pourras jamais nous dire. Nous ne savons plus user du droit de parole. La romance fout le camp. Adieu ». « A bientôt, Laure. » « Non. Adieu. »

Rue Odilon-Gaudibert, dans la boîte aux lettres, courrier du matin, Karpak releva une épaisse enveloppe postée la veille, de Marseille, tampon de la gare centrale, contenant un texte ayant pour titre *Les Biscuits de Sargues*. Et en signature, à l'encre, seulement le prénom de Mathias. Que faire de tout cela ? Projet ? Karpak écrivit sur une feuille, comme pour s'obliger à se mettre à l'ouvrage, « Sujet : Un haut fonctionnaire se trouve provisoirement en disponibilité pour des raisons administratives. Sa femme en profite pour le quitter. Il s'y attendait et ne fait pas d'histoires. Mais il entre dans une sorte d'état de flottement. Après des années de travail intense, il profite de ses loisirs forcés pour se promener et revoir d'anciens amis : certains sont devenus ministres, écrivains, d'autres... Il perçoit à travers eux l'évolution de la société française. On l'envoie au Japon pour une dernière mission. Il revient. Sa femme demande le divorce. Il reçoit une nouvelle affectation dans un pays lointain. Deux cents pages. Style dépouillé. Pas de sentimentalité. De l'ironie. Une sorte de rêverie, parfois. Pas de règlement de compte. Un soupçon d'amertume. Remise du manuscrit le mardi 20 mars ».

Mais c'était déjà une autre histoire. Et jamais Karpak ne pourrait écrire autrement. Il se donnait deux mois pour écrire ce roman, ces romances, ces paroles. Tout parlerait trop et jamais ensemble. Déjà, comme Pierre Hanssen et ses sœurs, il gommait Jean et ses amours, translation, prêtant à Jean la famille de Simon. Et comme Mathias, secret de son texte, il consulta le dictionnaire « Translation. 1° Littér. Le fait de transporter (les restes, le corps d'une personne)... » Sale besogne. Tant de peines perdues. Mais il ferait tout pour dire cela. Ultime transport. Si peu une évolution. Rien de plus que les desseins de chacun et l'isolement de tous. Laissant à chaque personne le droit de chanter un peu, un tout petit peu. Alors, peut-être, les peines seraient gagnées. Qui sait ? A suivre.

SOMMAIRE DES ROMANCES

DU MÊME AUTEUR

ROMANS

Chez le même éditeur :

LADY BLACK.
ÉVOLÈNE.
LES LOUKOUMS.
LE CŒUR QUI COGNE.
KILLER.
LE TEMPS VOULU.
LE JARDIN D'ACCLIMATATION (Prix Goncourt 1980).
ROMANCES SANS PAROLES.
PREMIÈRES PAGES.
L'ESPÉRANCE DE BEAUX VOYAGES.

Chez Robert Laffont :

LE PETIT GALOPIN DE NOS CORPS.
KURWENAL OU LA PART DES ÊTRES.
JE VIS OÙ JE M'ATTACHE.
PORTRAIT DE JULIEN DEVANT LA FENÊTRE.

À la Librairie Générale Française :

NIAGARAK.

THÉÂTRE

Chez le même éditeur :

THÉÂTRE I (Il pleut si on tuait papa-maman, Dialogues de sourdes, Freaks Society, Champagne, Les Valises).
THÉÂTRE II (Histoire d'amour, La Guerre des piscines, Lucienne de Carpentras, Les Dernières Clientes).
THÉÂTRE III (Le Butoir, September Song, Vue imprenable sur Paris, Happy End).

IMPRIMÉ EN FRANCE PAR BRODARD ET TAUPIN
58, rue Jean Bleuzen - Vanves - Usine de La Flèche.
LIBRAIRIE GÉNÉRALE FRANÇAISE - 14, rue de l'Ancienne-Comédie - Paris.

ISBN : 2 - 253 - 03451 - 7

30/5934/2